JOSÉ ANTONIO PÉREZ (JAPE)

CÓMO DIBUJAR KAWAII

EL LIBRO DE 365BOCETOS

panini COMICS

365 BOCETOS

www.365bocetos.com

CANAL DE YOUTUBE: www.youtube.com/user/365BOCETOS
FACEBOOK: www.facebook.com/365Bocetos
INSTAGRAM: www.instagram.com/365bocetos
TWITTER: www.twitter.com/365bocetos

CÓMO DIBUJAR KAWAII

EL LIBRO DE 365BOCETOS

Un libro de **Panini España, S.A.**
Redacción y administración: C/ Vallespí, 20.
17257 Torroella de Montgrí (Girona).
Telf.: 972 757 411.
Fax: 972 757 711.

www.paninicomics.es.

Depósito legal: GI 651-2017.
ISBN: 978-84-9167-045-2.

Realización Técnica: José Antonio Pérez Escudero.
Impresión: IMPULS 45.
Impreso en España/Printed in Spain.

Este libro está dedicado a mi familia. A Patri, mi mujer, que siempre me apoya en todo lo que hago, a mis hijos, Jose y Lucía, que son mi energía para seguir haciendo lo que hago. A mis padres por luchar tanto por mí. A mi hermano Manuel, mi compañero de dibujo y de muchas cosas más. Y a Alicia, mi hermana pequeña.

Y por último, dedicado a todos los que sueñan con el dibujo.

JAPE

ÍNDICE

¡HOLA BOCETERO!

Estoy feliz de que este libro haya caído en manos de un gran artista como tú, espero colaborar con mis consejos ¡para que domines el arte del estilo kawaii y crezcas aún más!
Comencé a dibujar desde muy pequeño, el dibujo siempre me ha fascinado y es por ello que casi nunca me he despegado del papel. Mi madre solía castigarme sacándome a la calle a jugar con los otros niños, aunque la mayoría de las veces me quedaba esperando en la escalera para volver a entrar en mi casa y sentarme de nuevo en mi escritorio.
Nunca he pensado en ser el mejor dibujante del mundo, es por ello que no me interesé por el dibujo realista, lo mío siempre ha sido dibujar los personajes sacados de mi imaginación, crear mundos extraños y contar historias en cómics. Aprendí de forma autodidacta copiando todo lo que encontraba, a veces paraba alguna película de animación y copiaba lo que veía en la pantalla.
Iba a librerías y buscaba algún libro para dibujar el estilo que tanto me gustaba, pero solo encontraba libros de dibujo clásico o algún otro dedicado al mundo de la pintura; hay que entender que en aquella época no existía internet. Me fue difícil encontrar una formación cercana a lo que me gustaba, así que al final aprendí copiando la técnica de grandes dibujantes del mundo del cómic o de la animación.

¿QUE SIGNIFICA KAWAII?

La palabra KAWAII es un adjetivo del idioma japonés que significa "lindo" o "tierno". En Japón hay ropa kawaii, comida kawaii, juguetes kawaii, incluso la conducta o el aspecto de una persona puede ser kawaii. Los japoneses utilizan personajes con un diseño kawaii para casi todo, para manuales, en avisos del servicio público, en panfletos políticos, en los medios de transporte, entre otros. Existen grandes iconos en el mundo del diseño kawaii, el personaje más popular es sin lugar dudas Hello Kitty, pero hay muchos más como por ejemplo Pucca, Keroppi, Mamegoma, Rilakkuma, Choco-cat y otros innumerables personajes. Y detrás de todos estos icónicos diseños se encuentran grandes artistas y diseñadores que dominan a la perfección la técnica kawaii.

MIS MATERIALES

Los materiales para dibujar al estilo kawaii no son muy diferentes de los que necesitamos para hacer otro tipo de dibujos. También dependerá del estilo kawaii que queramos adoptar.

LÁPICES

Casi todos los dibujantes profesionales utilizan un lápiz de color para comenzar sus dibujos, el porqué es muy sencillo. Con un lápiz de color puedes abocetar sin ensuciar mucho el papel. Una vez que se tienen claras las líneas finales de nuestro dibujo, las marcamos con un lápiz negro. Yo suelo utilizar lápices de diferentes marcas.
Normalmente utilizo para todos mis dibujos un lápiz de punta HB, suelen ser duros y no manchan mucho el papel.

GOMA DE CAUCHO

Esta es la goma mas típica, puede encontrarse en cualquier papelería. Yo intento mantenerla lo más limpia posible para no manchar mis dibujos y también intento mantener limpio mi espacio de trabajo, puesto que esta goma suelta virutas que pueden estropear nuestro proyecto.

ROTULADORES

Hay difetentes marcadores para pasar a tinta nuestros dibujos. Yo utilizo unos que tienen punta de pincel y una gama de rotuladores calibrados de los siguientes tamaños de punta: 0.05 mm, 0,1 mm, 0,2 mm, 0,3 mm, 0,4 mm, 0,5 mm, 0,8 mm, 1,0 mm, 2,0 mm, 3,0 mm

PAPEL

Yo siempre utilizo un papel formato A4 y 80 de gramaje, pero si vamos a trabajar con acuarelas o acrílico debemos buscar un papel más adecuado.

ROTULADORES BASE DE ALCOHOL

Normalmente utilizo rotuladores con base de alcohol,con este tipo de marcadores se puede trabajar en distintas capas para conseguir una variación de profundidad de color y de opacidad. Se crea un tono más oscuro al volver a aplicar el rotulador en el mismo sitio, y te permite jugar con efectos de sombra.

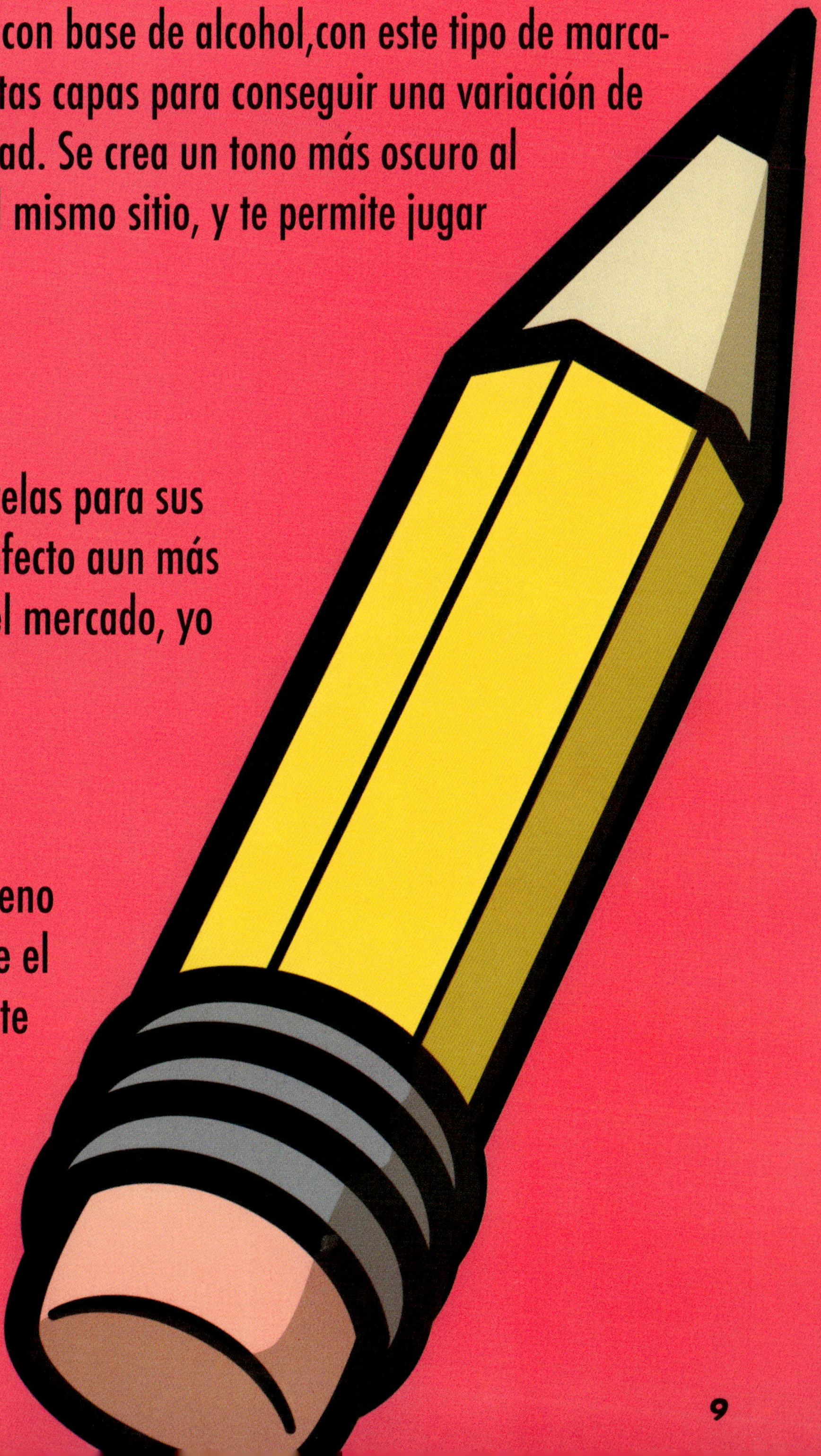

ACUARELAS

Muchos artistas utilizan las acuarelas para sus dibujos kawaii porque crean un efecto aun más infantil. Hay muchas marcas en el mercado, yo tengo varias paletas diferentes.

REGLAS

Para muchos de los dibujos es bueno tener un juego de reglas para que el diseño quede simétrico. También te recomiendo una regla con diferentes circunferencias, es una buena herramienta para dibujar los ojos de nuestros personajes kawaii.

EXPRESIONES KAWAII

CÓMO DIBUJAR FRUTAS KAWAII

FRESA KAWAII

Para dibujar una fresa kawaii sigue estos cuatro pasos:

1. Dibuja una forma parecida a un corazón
2. Dibuja el rabillo y las cuatro hojas.
3. Dibuja una sonrisa y dos ojitos con su brillo.
4. Distribuye sobre ella estas cinco pepitas, deja este detalle a lápiz y no lo entintes.

Para dar color a esta fresa kawaii vamos a utilizar los colores que te dejo aquí abajo. Primero vamos a usar el color rojo para la fresa, recuerda dejar las pepitas blancas y si las dejas sin contorno quedará mas bonita. Puedes utilizar un tono verde no muy oscuro para las hojas y el tallo. Recuerda el brillo blanco para los ojos.

CEREZAS KAWAII

Sigue estos cuatro pasos y dibuja estas cerezas súper kawaii:

1. Comienza dibujando estas dos formas parecidas a unas habichuelas.
2. El tallo tiene forma triangular, dibuja la hoja.
3. Dibuja cuatro óvalos para los ojos.
4. Termina tu dibujo con un par de sonrisas.

SI QUIERES VER UN VIDEO DE CÓMO DIBUJARLAS, USA ESTE CODIGO Y TE LLEVARÁ A UNO DE MIS VIDEOS EN YOUTUBE.

Ahora vamos a dar color a estas bonitas cerezas para que queden aun más kawaii. Utiliza un rojo para la base y dos tonos de verde para el tallo y la hoja, recuerda que el color más oscuro es para la hoja. Puedes utilizar rotuladores de base de alcohol, el resultado es parecido al que tienen los dibujos coloreados en digital.

PERA KAWAII

¿Te atreves con esta simpática pera kawaii? Venga, vamos a dibujarla:

1. La forma de la pera tiene forma de campana, delgada por arriba y gordita por abajo.
2. Ahora dibuja un pequeño tallo y la hoja.
3. Los ojos son dos óvalos con dos brillos.
4. Dibuja una sonrisa con un dientecito fuera.

Esta pera va ha quedar mucho más bonita si le damos color y para ello solo necesitamos tres colores. Utilizaremos un color verde para la base, un marrón no muy oscuro para el tallo y un verde limón para la hoja. Puedes colorearla con lápices de cera, eso le dará un aspecto infantil algo típico del estilo kawaii.

NARANJA KAWAII

Sigue los cuatro pasos para dibujar tu naranja kawaii:

1. Dibuja la forma de la naranja, es casi circular.
2. Ahora dibuja el tallo y la hoja.
3. Esta vez vamos a hacer la boca abierta así que dibuja una lengua, luego los ojos ovalados.
4. Como último detalle haz tres puntos arriba.

Es la hora de colorear, evidentemente tendremos un color naranja para la base de nuestro dibujo, un tono marrón para el tallo y un verde para la hoja. Como la naranja kawaii tiene la boca abierta le vamos a dar color a esa lengua con un tono rosa. Prueba diferentes materiales para tus dibujos, puede usar lápices de colores.

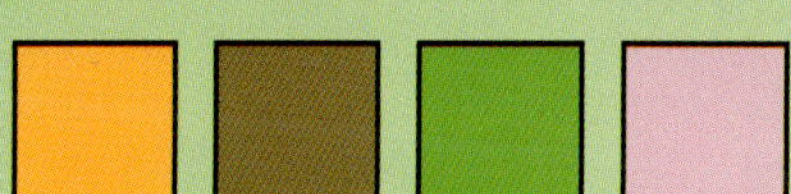

SANDÍA KAWAII

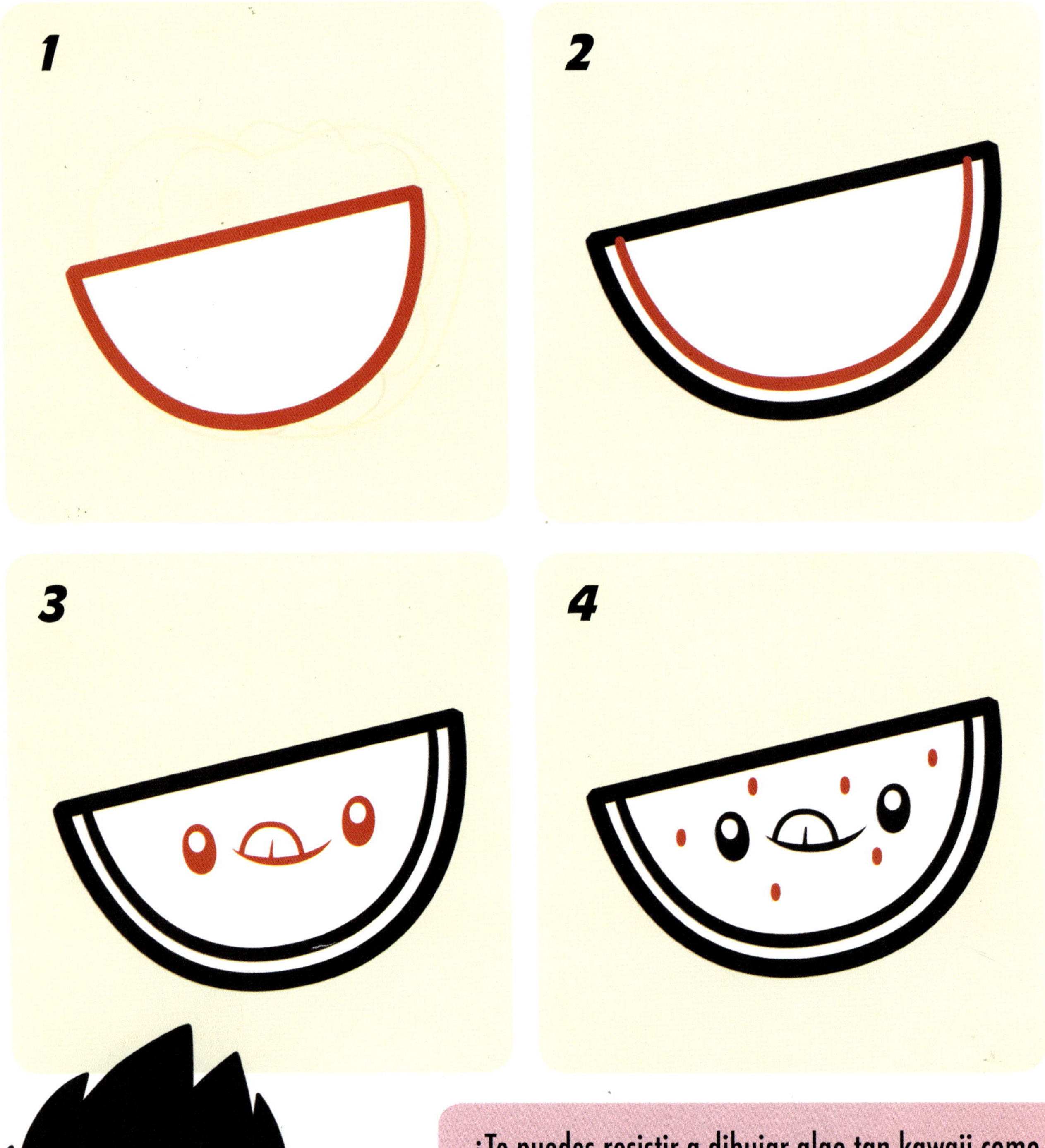

¿Te puedes resistir a dibujar algo tan kawaii como esta sandía? Sigue los cuatro pasos:

1. Dibuja medio círculo, tiene forma de sonrisa.
2. Haz un arco en su interior.
3. Dibuja la lengua saliendo de la boca y los ojitos brillantes.
4. Termina con las pepitas, yo he puesto seis.

SI QUIERES VER UN VIDEO DE CÓMO DIBUJARLA, USA ESTE CÓDIGO Y TE LLEVARÁ A UNO DE MIS VIDEOS EN YOUTUBE.

Esta sandía está tan rica que ella misma se relame, así que vamos a colorear esa lengua con un tono rosa. Para la base utilizaremos el color rojo y para terminar usaremos el verde para la parte de fuera. Si quieres puedes colorear el fondo. Como ves el amarillo le da un bonito contraste.

FRAMBUESA KAWAII

Para dibujar una frambuesa kawaii sigue los siguientes pasos:

1. Haz una forma parecida a una nube redonda.
2. Dibuja líneas curvas en su interior.
3. Haz tres hojas y tres líneas en su interior.
4. Los ojos de esta frambuesa son redondos y en su sonrisa podemos ver la lengua.

Para dar color a la frambuesa kawaii necesitamos tres colores: el primero será un tono vino para la parte de la frambuesa, el siguiente es un fucsia para la lengua y por último verde para las hojas.
Puedes usar los materiales que más te gusten para dar color a este dibujo tan simpático.

PLÁTANO KAWAII

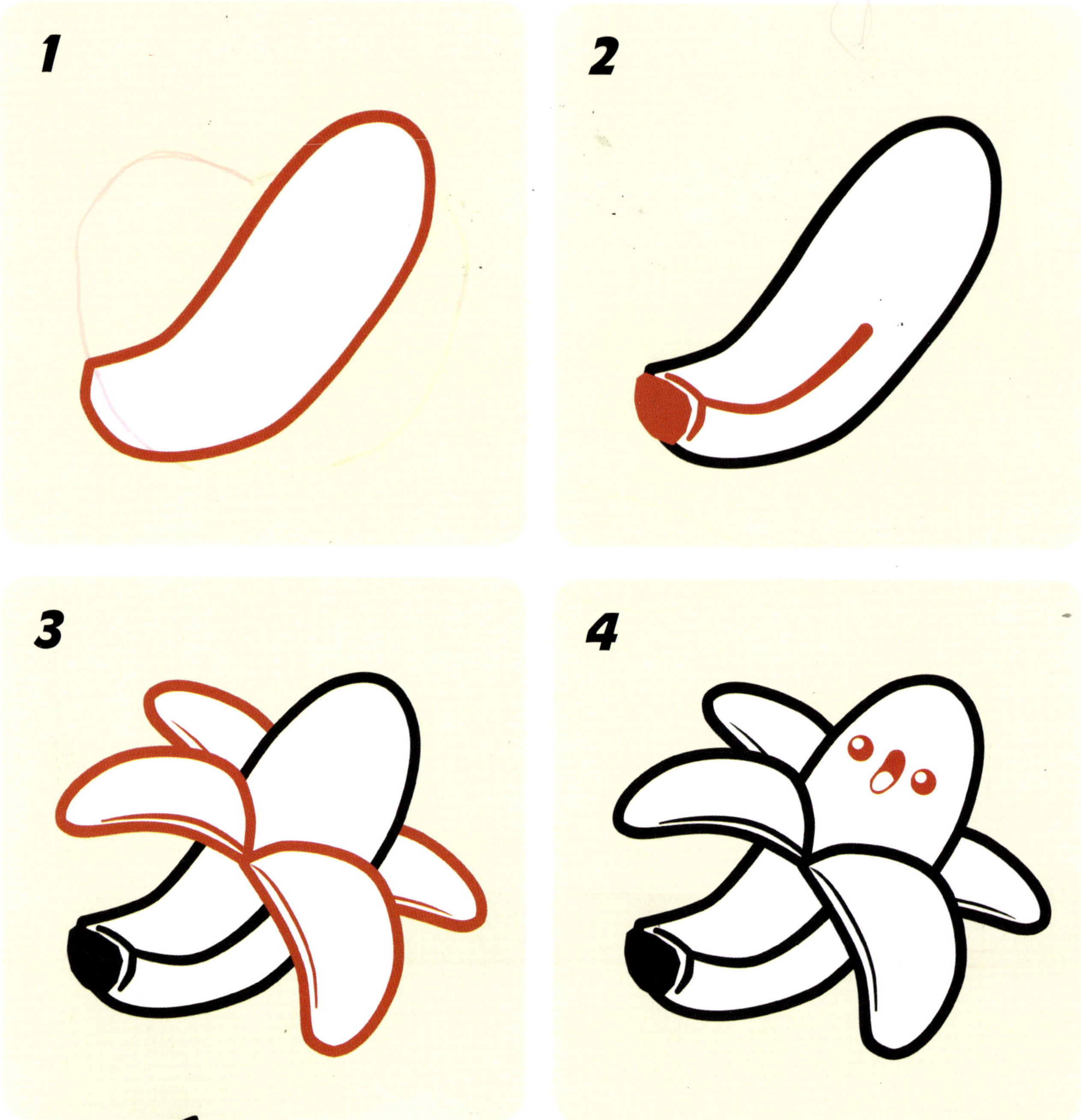

Para hacer un plátano kawaii solo tienes que seguir estos cuatro pasos:

1. Haz la forma del interior del plátano.
2. Dibuja en la parte inferior la parte negra y arriba una línea hasta la mitad del plátano .
3. Dibuja las cuatro partes de la piel abierta.
4. Añade los ojos y la boca en el centro.

Para este plátano kawaii vamos a utilizar los siguientes colores: primero un amarillo vivo para la parte de fuera de la cáscara, un color blanco roto para el interior de la misma, y por último un color rosa para la lengua. Recuerda el brillo blanco para los ojos.

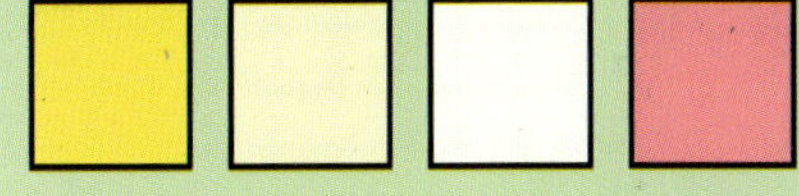

MANZANA KAWAII

Para hacer una manzana kawaii solo tienes que seguir estos cuatro pasos:

1. Dibuja esa forma que imita a un corazón gordito.
2. Dibuja el rabillo y la hoja, añadiendo los detalles.
3. Haz dos círculos para los ojos.
4. Añade una gran sonrisa y listo.

Aquí tienes los tonos que te recomiendo para dar color a esta divertida manzana. Primero tenemos un rojo oscuro para la base, luego tenemos un tono rojizo más claro para el brillo que le dará un poco de volumen. Puedes utilizar este color marrón para el rabillo y luego el color verde oscuro para la hojita.

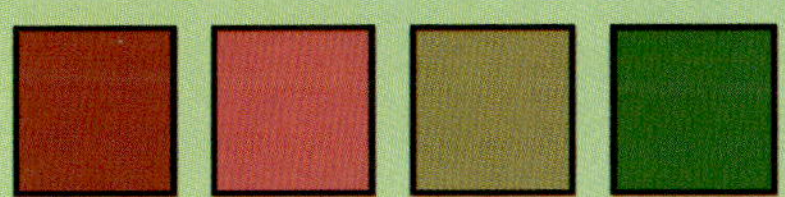

LIMÓN KAWAII

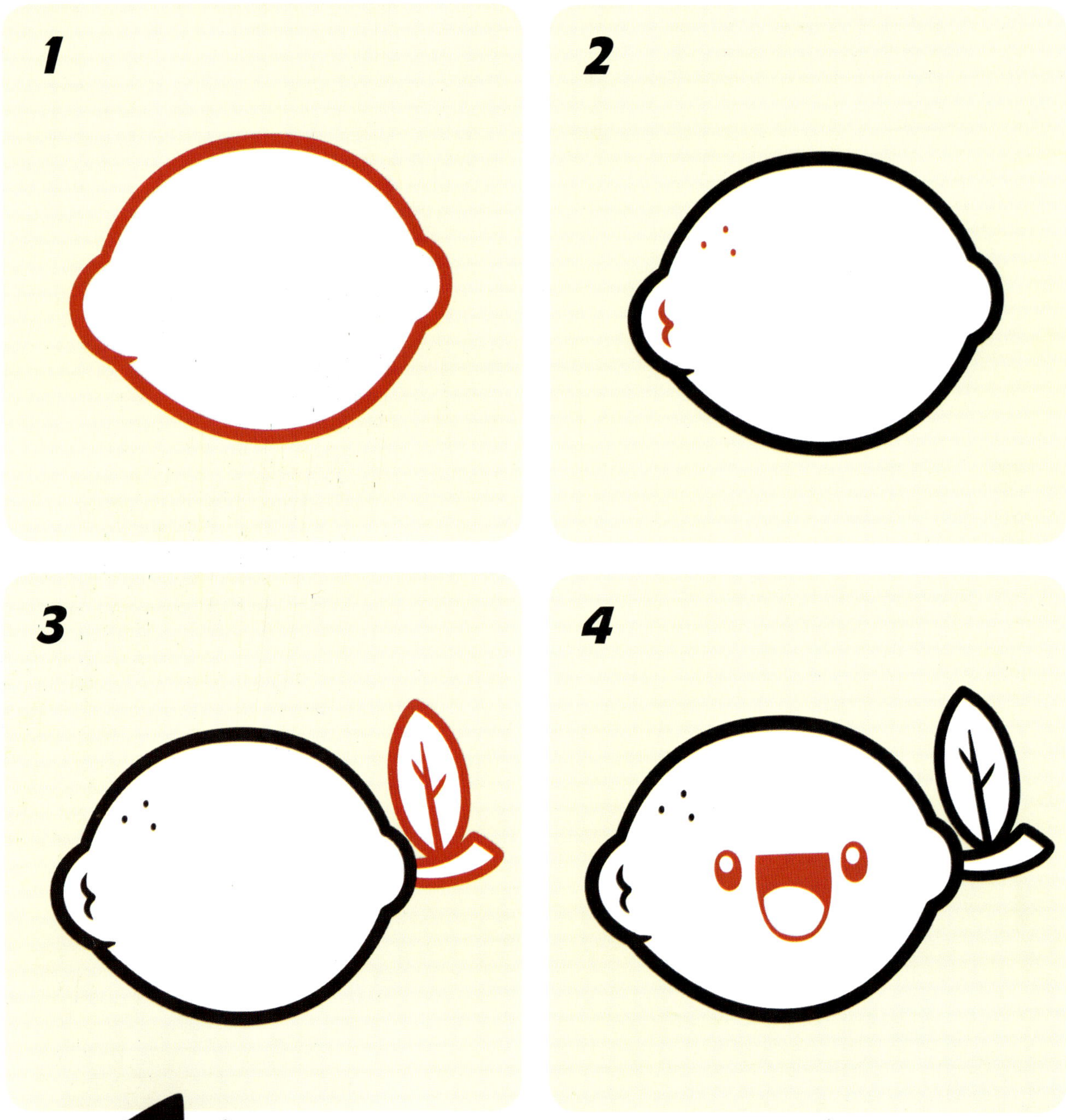

Para hacer un limón kawaii solo tienes que seguir estos cuatro pasos:

1. Dibuja la forma ovalada del primer paso.
2. Añade los cuatro detalles de la imagen.
3. Dibuja el rabillo y la hoja.
4. Por último añade los ojos con el brillo y la sonrisa.

Para colorear este simpático limón kawaii puedes utilizar estos cuatros colores de aquí abajo, además puedes usar un tono más oscuro para dar sombra al amarillo. Recuerda usar siempre colores vivos para que el limón quede mucho más simpático. No olvides dejar en blanco el brillo de los ojos para que quede súper kawaii.

PIÑA KAWAII

Dibujar una piña kawaii es muy fácil:

1. Dibuja un óvalo.
2. Haz varios trazos sobre él para crear la textura de la piña; arriba dibuja un lazo.
3. Dibuja las hojas sobre el laso.
4. Por último añadimos una bonita sonrisa y le dibujamos los ojos cerrados con sus pestañas.

Ahora vamos a darle color a esta simpática piña. Lo primero que te recomiendo es que uses un color crema, marrón clarito, para la piña. He pensado que si usamos un marrón más oscuro para hacer los trazos queda mucho mejor. El lazo lo puedes colorear de rojo y las hojas de color verde. Por último colorea la lengua de rosa.

CÓMO DIBUJAR ANIMALES KAWAII

LEÓN KAWAII

1. Para hacer este león kawaii dibuja un óvalo y dos pequeños círculos sobre él.
2. Rodea esta forma con una especie de nube redonda.
3. Añade las patas delanteras, no olvides los dedos.
4. Ahora dibuja la parte trasera y la barriga.
5. Dibuja la cola.
6. Añade los ojos, el morro y los bigotes, deja un colmillo sobresaliendo de uno de la boca.

Para colorear al león vamos a usar el color albero para el pelaje y un tono marrón para la melena.

FOCA KAWAII

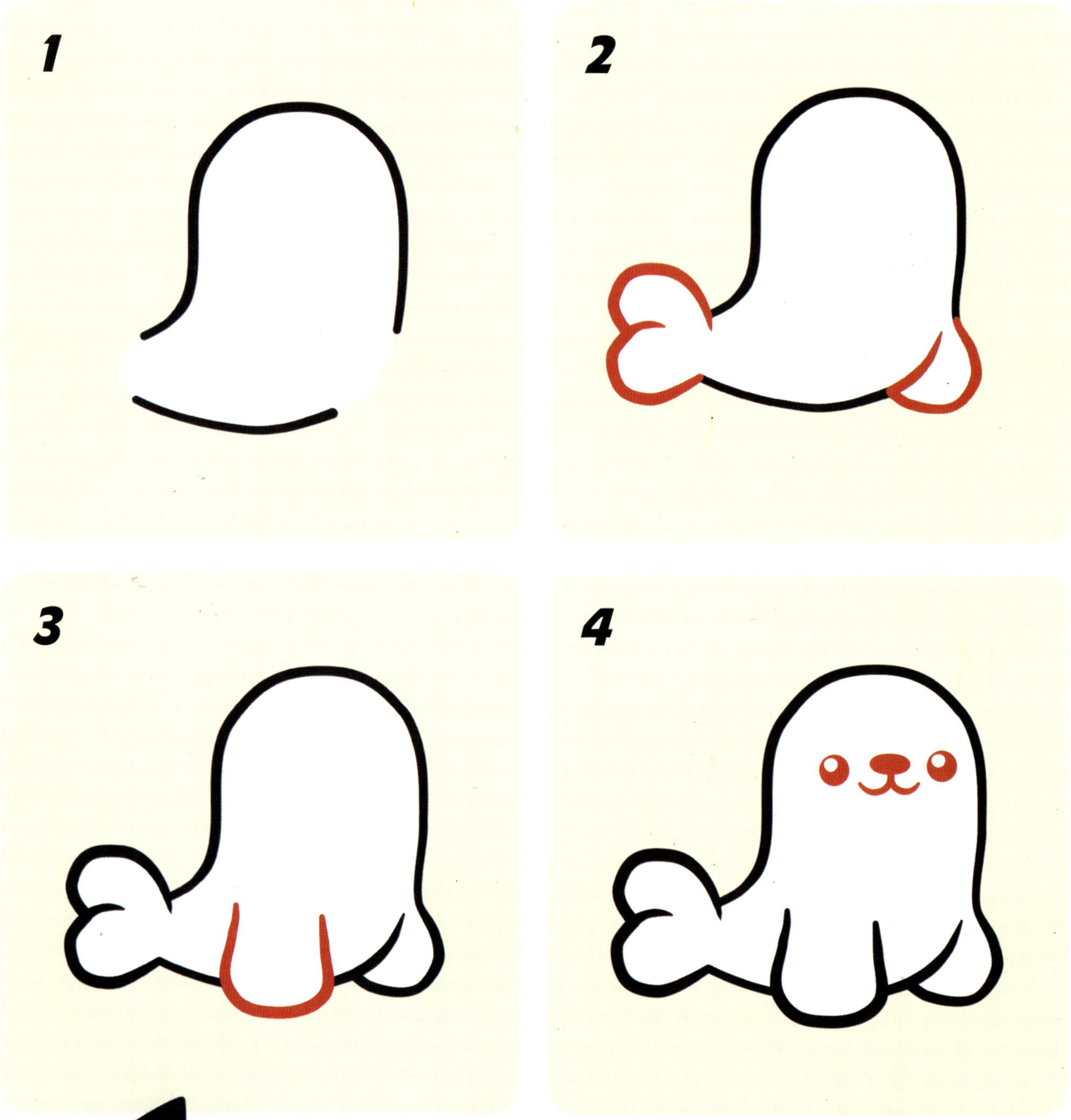

Dibujar una foca kawaii es muy fácil:

1. Dibuja la forma que ves en la imagen.
2. Añade la cola y la aleta delantera.
3. Añade la otra aleta delantera.
4. Por último añadimos una bonita sonrisa, el hocico y unos ojos brillantes.

Este dibujo no tiene muchos colores, solo usaremos un gris claro para colorear a nuestra foca kawaii. También puedes añadir unos bigotes en el morro y colo-rearla de marrón, así sería un león marino kawaii. Recuerda dejar el brillo de los ojos en blanco.

CONEJO KAWAII

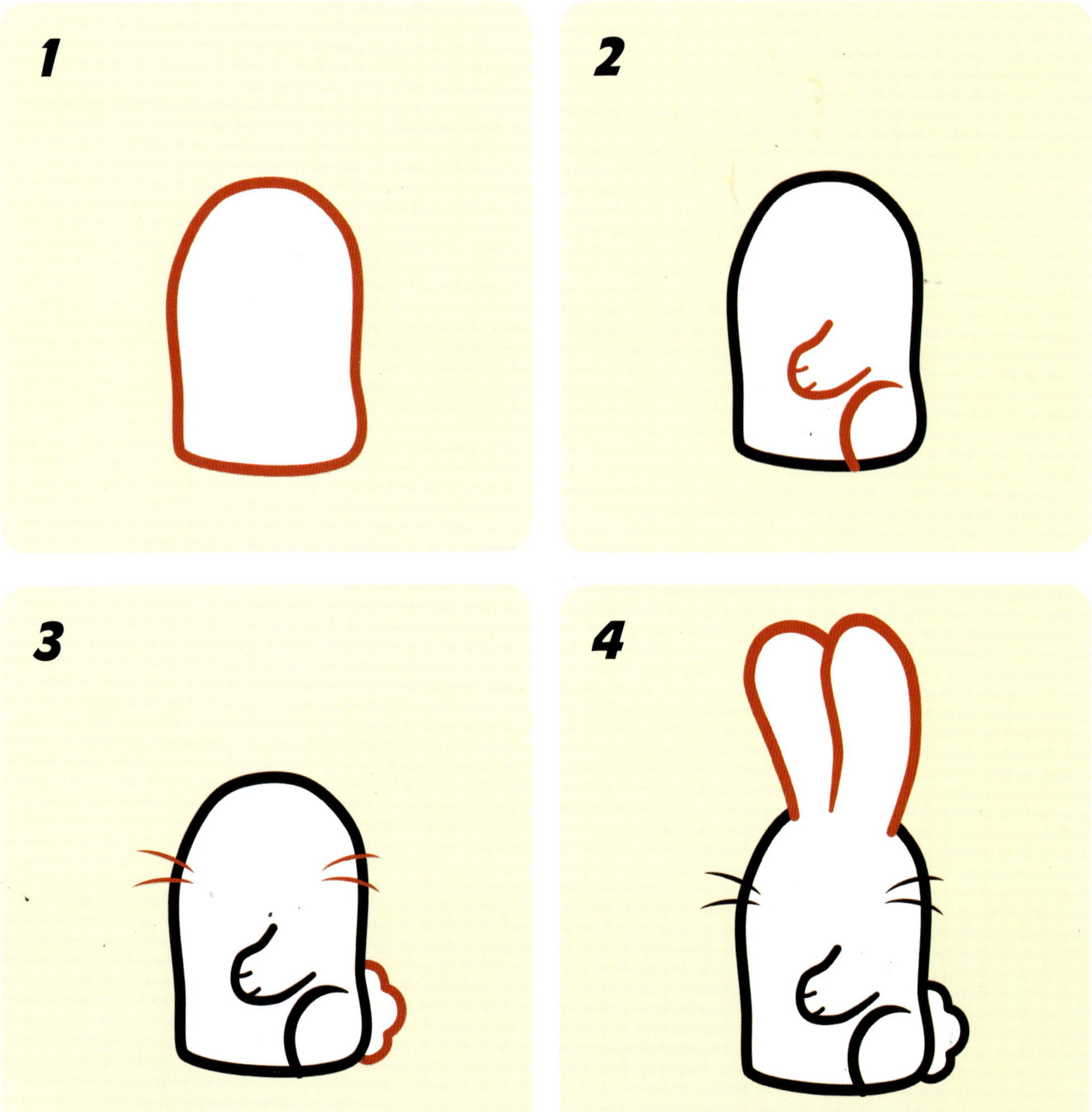

1. Vamos a dibujar este divertido conejo kawaii empezando por la forma de la imagen.
2. Dibujamos sobre esta forma las patas.
3. Añade los bigotes y la cola.
4. Ahora dibuja dos grandes orejas sobre la figura.
5. Sobre la barriga dibuja una gran zanahoria.
6. Añade los ojos y la boca, no te olvides de sus dientes de conejo.

Para colorear, el conejo kawaii, solo tienes que usar estos tres colores, el conejo es blanco, y lo único que tienes que colorear es su lengua de color rosa y la zanahoria con naranja y verde.

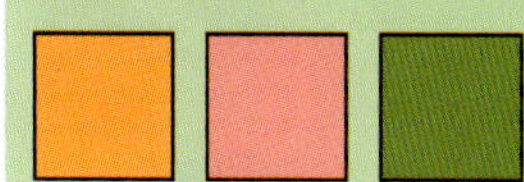

ELEFANTE KAWAII

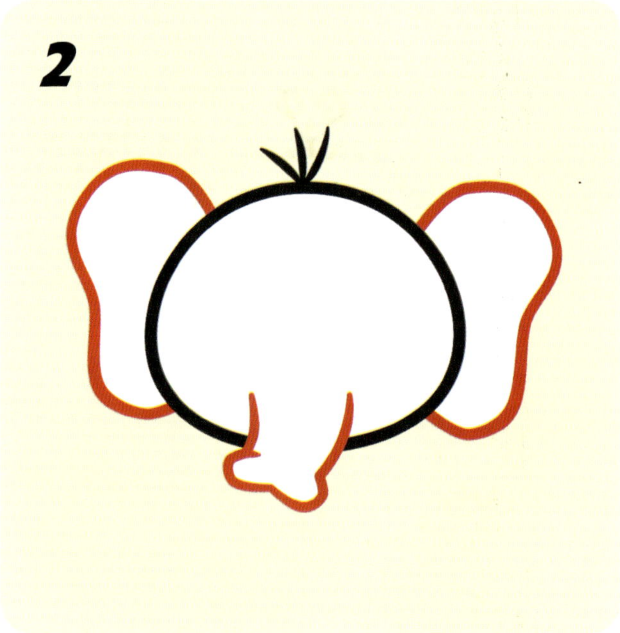

1. Vamos a dibujar un elefante kawaii comenzando por un óvalo con tres pelitos arriba.
2. Añadimos un par de orejas y una mini trompa.
3. Luego dibuja el cuerpo, tiene forma de "U".
4. Dibuja las patas delanteras pegadas al tronco, no te olvides de las pezuñas.
5. Ahora dibuja la cola y la pata trasera.
6. Luego añade los ojos y las cejas.

Vamos a colorear el elefante utilizando un azul claro. Este dibujo creo que ha quedado muy simpático.

POLLITO KAWAII

Dibujar un pollito kawaii es muy fácil:

1. Dibuja la forma del cuerpo. Está sentado así que no olvides marcar un poco la barriga.
2. Añade la cresta sobre la cabeza, tiene forma de habichuela.
3. Dibuja las patas sobre el cuerpo.
4. Por último añadimos los ojos y el pico.

Ahora vamos a darle color este pequeño pollito, aquí abajo te voy a dejar los colores que yo he usado. Puedes comenzar con un amarillo huevo para el plumaje, el pico y las patas son de color naranja y la cresta es roja. Si quieres puedes utilizar el color azul para el fondo como yo he hecho en mi dibujo.

OSO KAWAII

¿Te atreves a dibujar a este oso kawaii? Sigue los cuatro pasos:

1. La primera forma es como el cuerpo de un muñeco de nieve.
2. Añade las orejas y la cola sobre el suelo.
3. Luego dibuja las patas traseras y delanteras.
4. Por último dibuja el morro y los ojos.

Bien! Ya tenemos dibujado a este divertido oso que nos mira confundido, ahora vamos a darle color con estos dos tonos, primero un marrón para el cuerpo y luego un color crema para la parte del morro y el interior de las orejas. Evita remarcar el morro y las orejas para que quede igual que el oso de arriba.

CERDO KAWAII

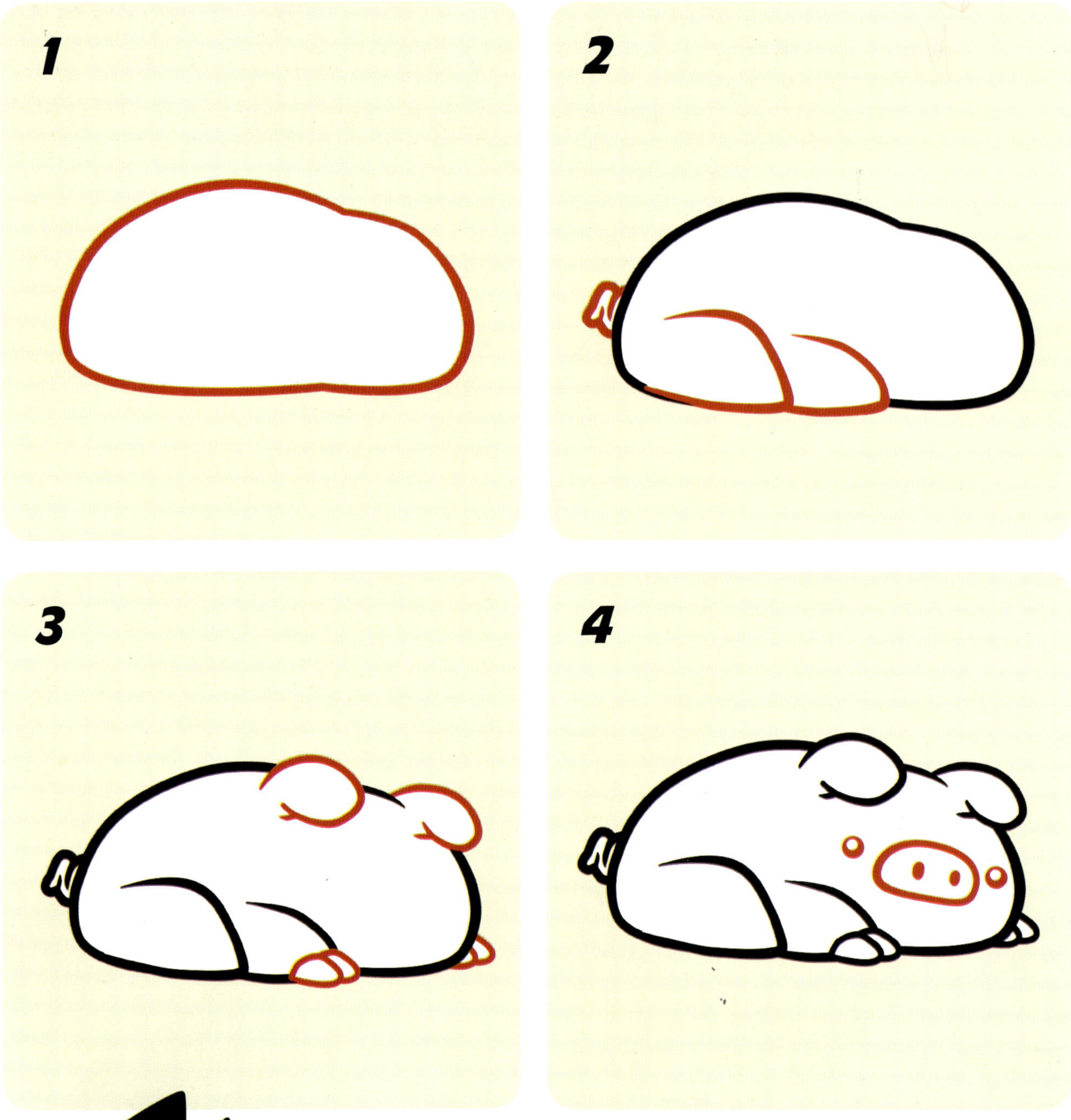

Para dibujar un cerdito kawaii solo tienes que seguir estos cuatro pasos:

1. Dibuja cuerpo. Tiene la forma de una piedra.
2. Añade el pequeño rabo y dos líneas para las patas.
3. Luego dibuja las pezuñas y las orejitas.
4. Finaliza con un gran morro y dos ojos.

SI QUIERES VER UN VIDEO DE CÓMO DIBUJARLO, USA ESTE CÓDIGO Y TE LLEVARÁ A UNO DE MIS VIDEOS EN YOUTUBE.

Para dar color a nuestro cerdito kawaii vamos a usar un par de colores. El primero es un color rosado para la piel, luego puedes usar un gris para colorear las pezuñas. Si tienes un color rosado aun más claro, puedes utilizarlo para el morro y así quedará un contraste muy chulo.

PINGÜINO KAWAII

Dibujar un pingüino es súper fácil:

1. Dibuja la forma del primer paso.
2. Sobre ella dibuja las aletas y la mancha que rodea la cabeza.
3. Puedes hacer las patas pegadas y unas líneas para dividir los dedos.
4. Dibuja un pequeño pico y dos ojos brillantes.

SI QUIERES VER UN VIDEO DE CÓMO DIBUJARLO, USA ESTE CÓDIGO Y TE LLEVARÁ A UNO DE MIS VIDEOS EN YOUTUBE.

Para este pingüino solo necesitamos el color naranja para colorear las patas y el pico, el resto del cuerpo es blanco y negro.
Como ves, es súper simple y a la vez muy kawaii.

PERRO KAWAII

1

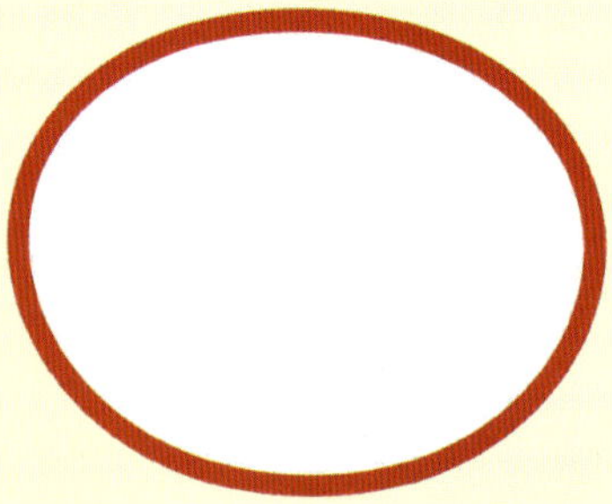

2

3

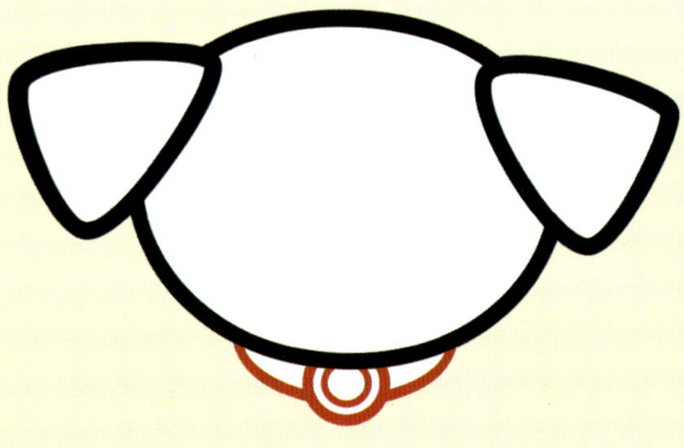

4

1. Para dibujar un perro kawaii, empieza dibujando un óvalo.
2. Añadimos las orejas, son de forma triangular.
3. Dibuja el collar, la chapa son dos círculos.
4. Ahora dibuja el cuerpo y parte de la pata trasera.
5. Luego dibuja las patas delanteras, haz unas líneas para dividir los dedos.
6. Por último dibuja un gran hocico y los ojos.

5

6

Es el momento de dar color al perrito, puedes usar un marrón claro para el cuerpo y un marrón oscuro para las orejas. El collar es de color verde y la chapa es de color amarillo.

TORTUGA KAWAII

1

2

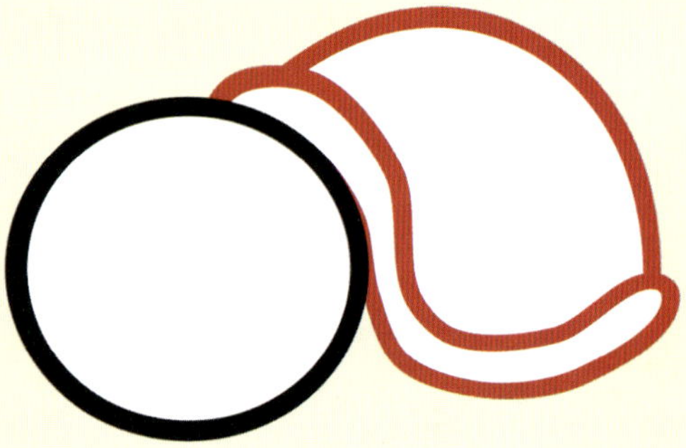

3

4

1. Vamos a dibujar una tortuga empezando con un círculo.
2. Dibujamos sobre él un caparazón.
3. Traza una línea curva sobre el caparazón.
4. Añade las patas y la cola.
5. Dibuja sobre el caparazón unas líneas para crear la textura del mismo.
6. Por último dibuja los ojos y una gran sonrisa.

5

6

Para colorearla necesitas un verde claro para la piel, para la parte de arriba del caparazón necesitas marrón, un tono de marrón más claro para el borde del caparazón y un tono crema para la parte de abajo. No te olvides de la lengua que es rosa.

CÓMO DIBUJAR COMIDA KAWAII

QUESO KAWAII

1

2

3

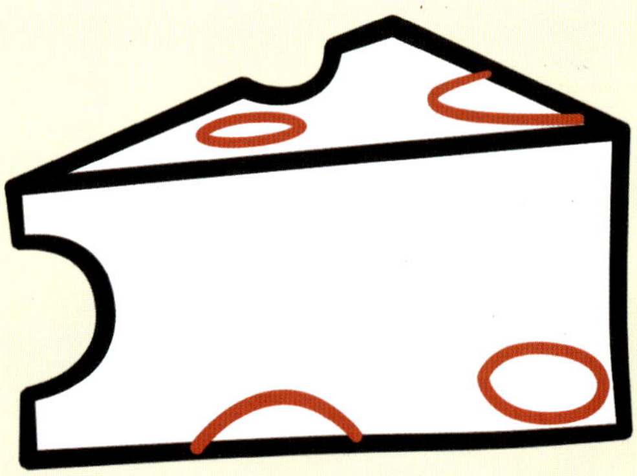

4

Dibujar un queso es súper fácil, solo sigue estos pasos:

1. Dibuja la forma que ves en la imagen.
2. Ahora dibuja la parte de arriba, es triangular.
3. Traza estos óvalos sobre el queso.
4. Y para terminar dibuja una sonrisa con unos ojos ovalados.

SI QUIERES VER UN VIDEO DE CÓMO DIBUJARLO, USA ESTE CÓDIGO Y TE LLEVARÁ A UNO DE MIS VIDEOS EN YOUTUBE.

Ya tienes el dibujo, ahora a colorearlo con estos tres colores que tienes aquí abajo. Primero el amarillo para la parte de abajo, como arriba es donde da el brillo vamos a usar un amarillo un poco más claro y por ultimo le daremos color a la lengua con un rosa

SÁNDWICH KAWAII

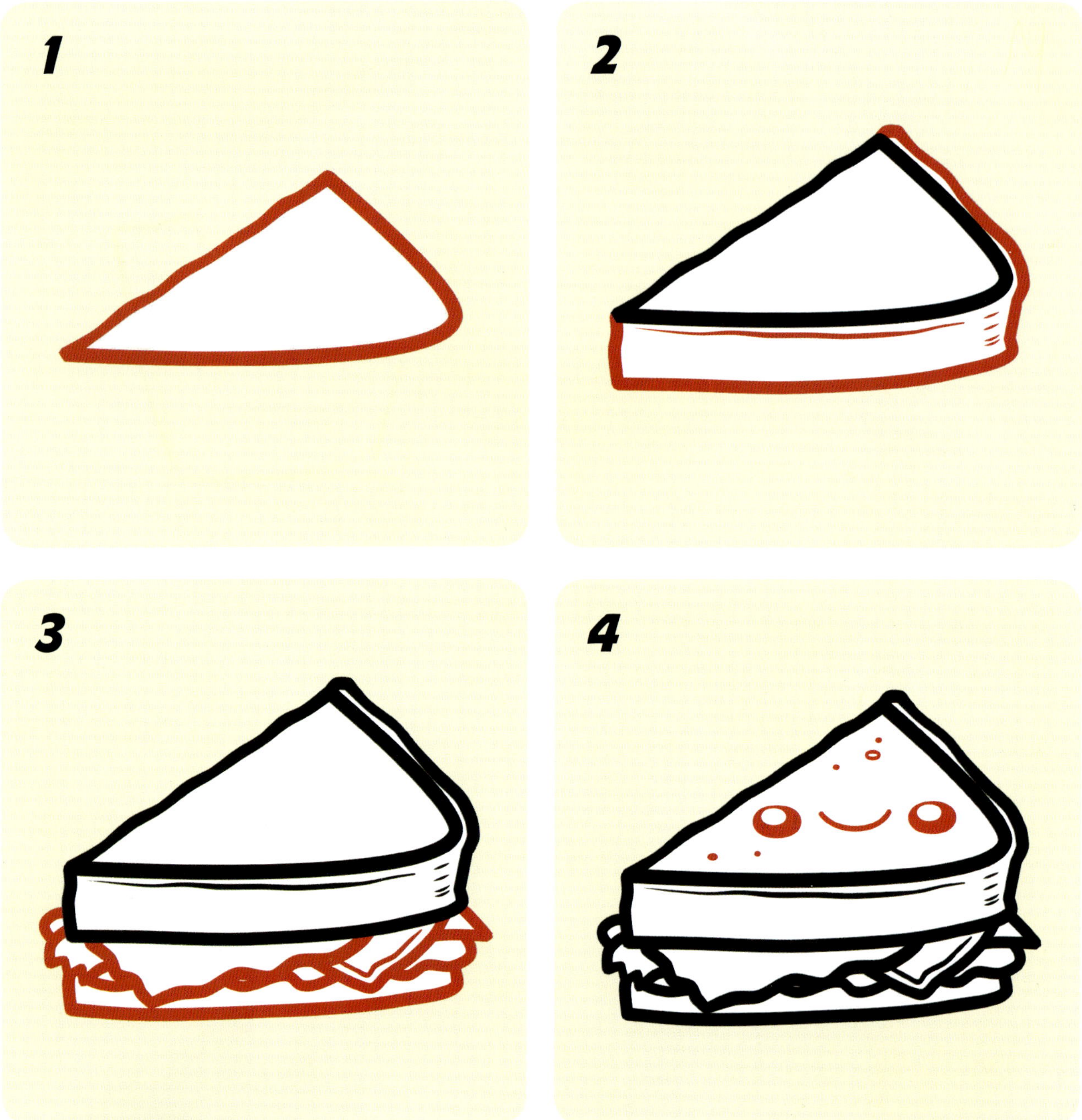

Este sándwich kawaii te va a quedar delicioso:

1. Dibuja esta forma triangular.
2. Ahora dibuja los bordes del pan, no olvides los detalles.
3. Dibuja el beicon, el queso, la lechuga y la rebanada de pan de abajo.
4. Por último dibuja una sonrisa y los ojos.

SI QUIERES VER UN VIDEO DE CÓMO DIBUJARLO, USA ESTE CÓDIGO Y TE LLEVARÁ A UNO DE MIS VIDEOS EN YOUTUBE.

Este sándwich kawaii tiene varios colores. Colorea el interior del pan con un color crema, puedes usar el mismo color para la grasa del beicon y con un marrón puedes colorear los bordes. Para colorear la lechuga utiliza un verde limón, el beicon tiene un color salmón y el queso es amarillo.

PIZZA KAWAII

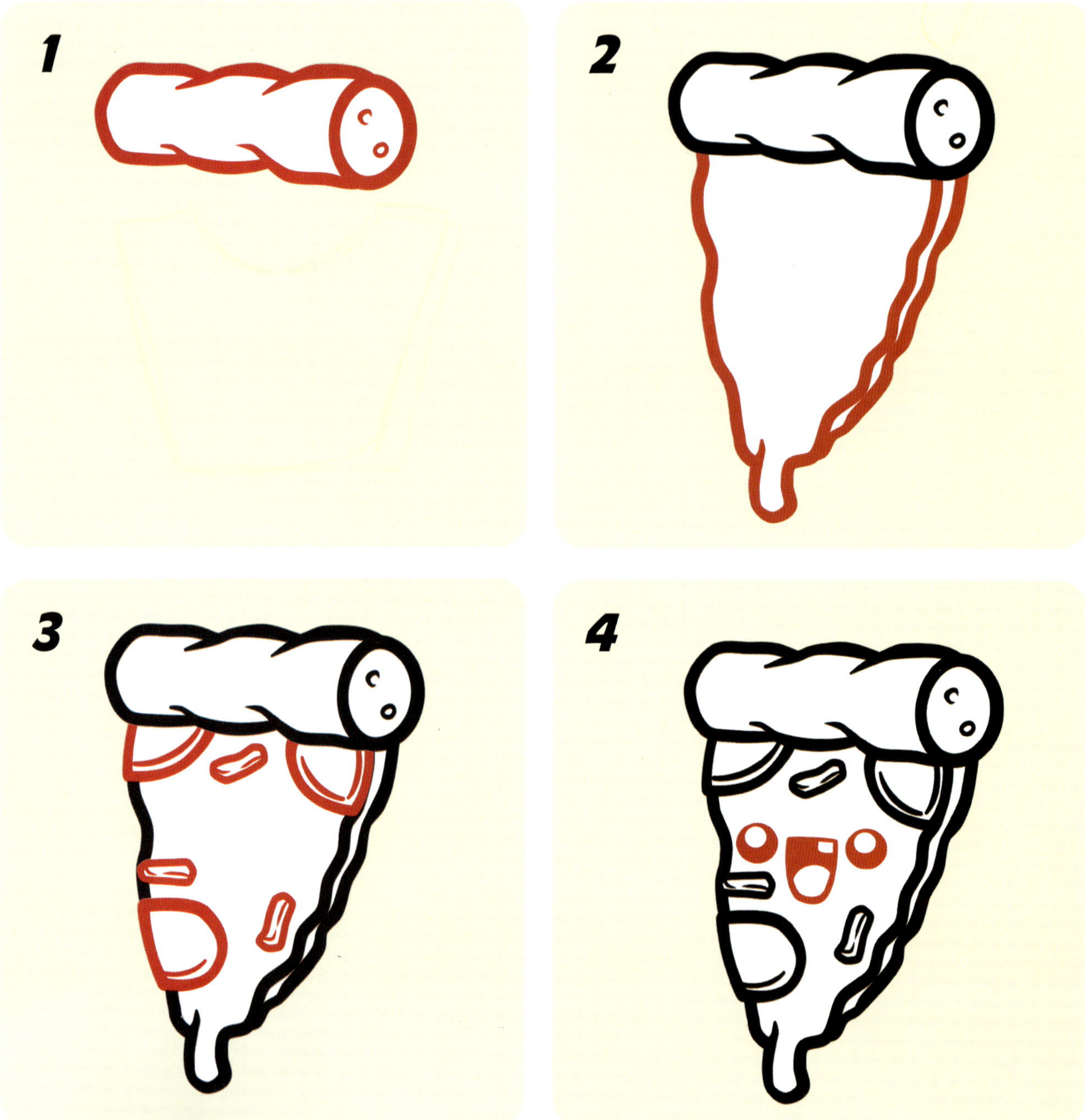

Ahora toca dibujar una porción de pizza kawaii:

1. El borde tiene forma de tubo arrugado.
2. Dibuja una forma triangular, traza una línea temblorosa que baja desde el borde hasta la punta, termínala en forma de gota.
3. Dibuja pepperoni y trozos de pimiento.
4. Por último dibuja una sonrisa y los ojos.

Vamos a darle color a esta apetitosa pizza. Con un amarillo colorea al queso, luego puedes colorear el pepperoni de rojo, y el pimiento de color verde oscuro. No te olvides de colorear el borde de la pizza que es de color marrón y un color crema para el canto. Por último colorea la lengua de rosa.

TARTA KAWAII

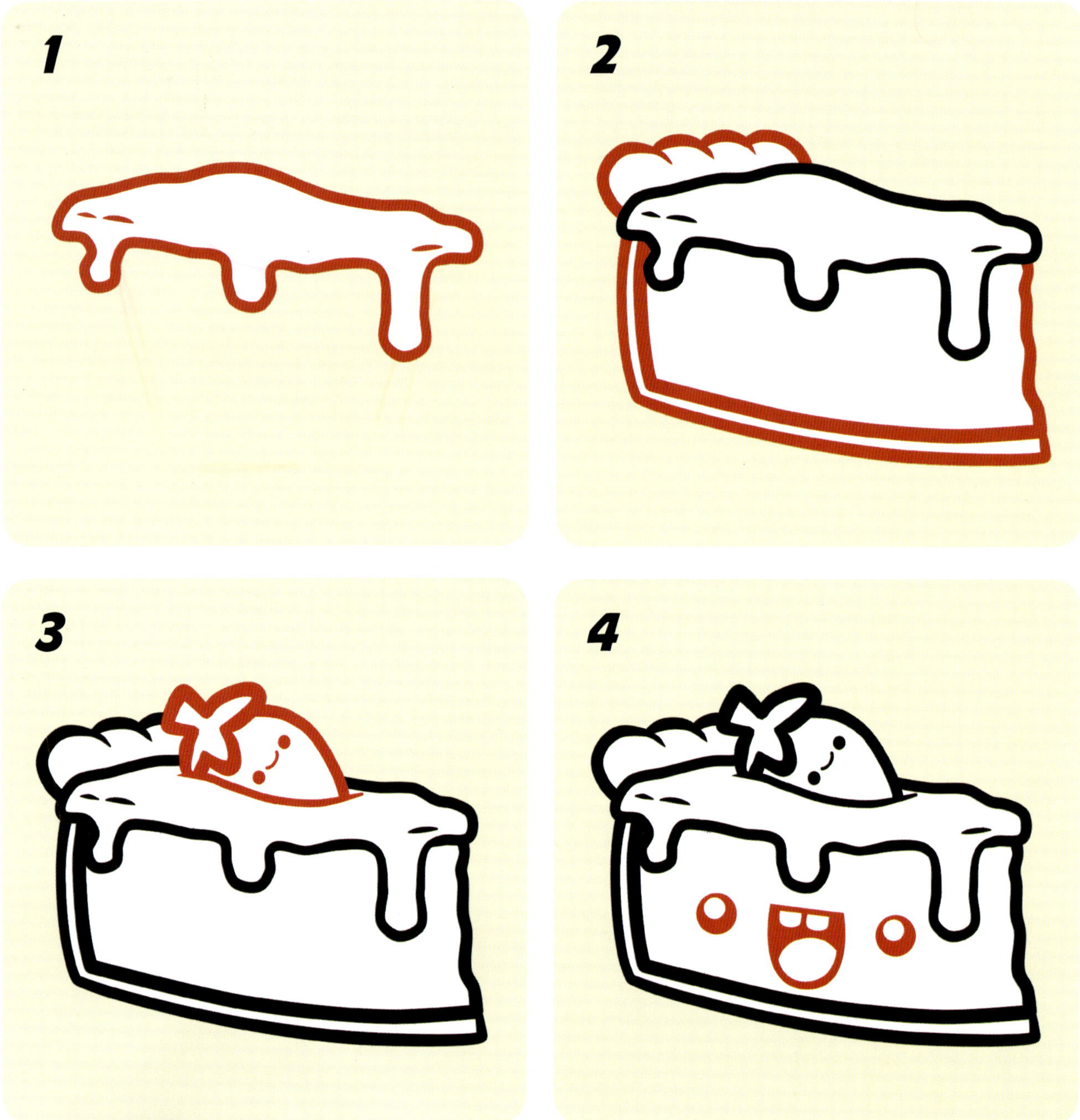

Sigue los cuatro pasos y dibuja una simpática tarta de queso con mermelada de fresa:

1. Dibuja la mermelada con tres gotas.
2. Dibuja la parte de abajo y el borde de la tarta.
3. Sobre la mermelada dibuja una fresa kawaii.
4. Por último dibuja una sonrisa con un par de dientes y los ojos muy brillantes.

Termina tu dibujo con los siguientes colores: primero vamos a usar el color granate para la mermelada, con un color crema le daremos color al interior de la tarta y usaremos un marrón para los bordes. La lengua, como siempre, es de color rosa. No te olvides de la fresa que es de color rojo y verde.

HELADO KAWAII

Para dibujar un helado kawaii sigue los pasos:

1. Dibuja un círculo.
2. Dibuja sobre el círculo una capa de chocolate. 3. Haz debajo el cono, dentro dibuja lineas cruzadas para crear una textura.
4. Por último dibuja una sonrisa con un par de dientes, luego los ojos y una cereza arriba.

SI QUIERES VER UN VIDEO DE CÓMO DIBUJARLO, USA ESTE CÓDIGO Y TE LLEVARÁ A UNO DE MIS VIDEOS EN YOUTUBE.

Los colores para este helado son los que tienes justo abajo. Busca un rosa crema para la bola de helado, con un marrón daremos el color al chocolate, colorea el cono con un color crema y por último la cereza coloreala con rojo y verde.

HOTDOG KAWAII

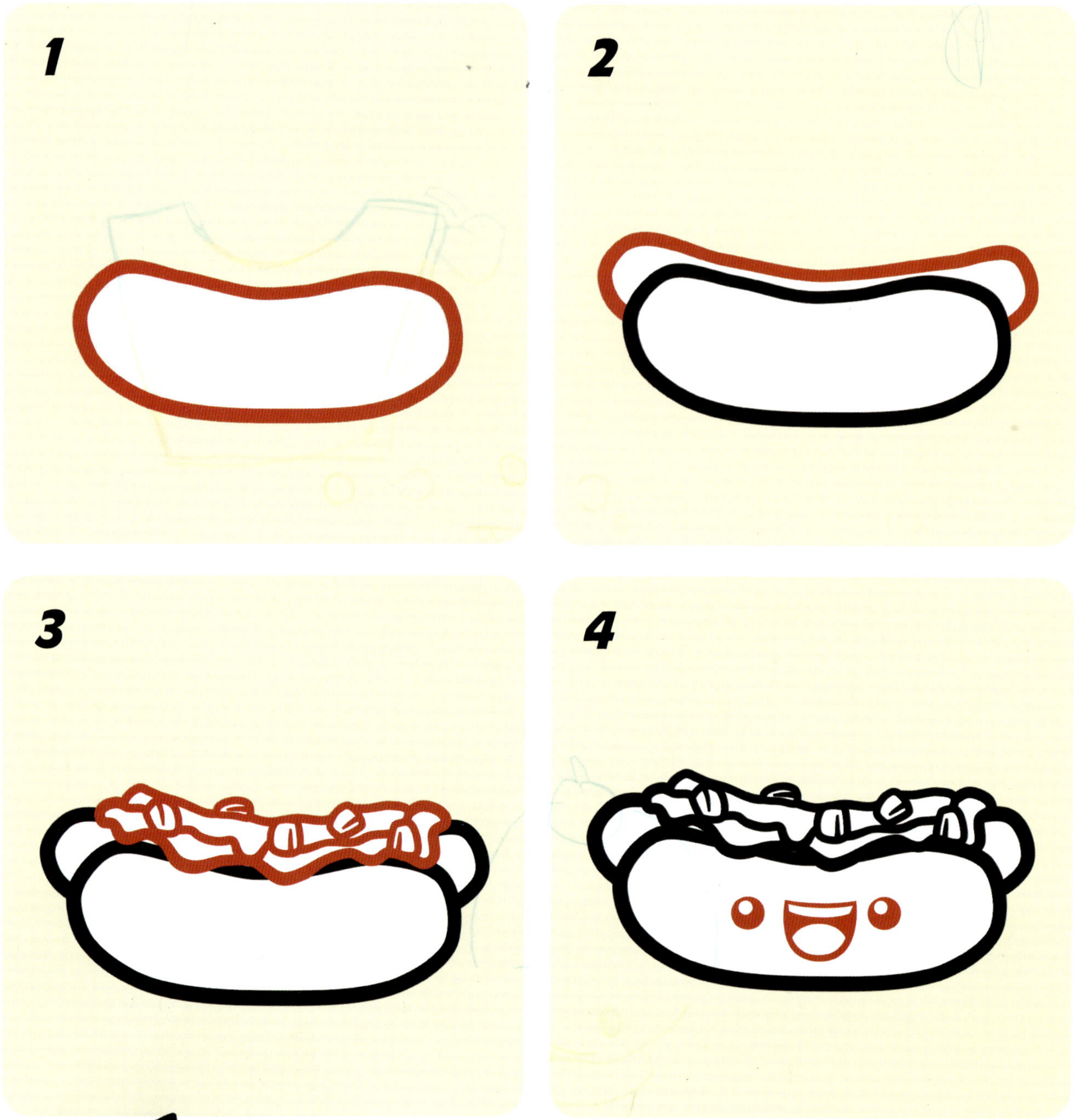

Para dibujar un hotdog kawaii sigue los pasos:

1. Dibuja el pan en forma de una sonrisa.
2. Sobre el pan dibuja la salchicha.
3. Ahora dibuja el ketchup, la mostaza y los trozos de cebolla.
4. Por último dibuja una sonrisa con unos bonitos dientes y unos ojos brillantes.

SI QUIERES VER UN VIDEO DE CÓMO DIBUJARLO, USA ESTE CÓDIGO Y TE LLEVARÁ A UNO DE MIS VIDEOS EN YOUTUBE.

Aquí abajo te dejo todos los colores que te harán falta para dar color a tu hotdog kawaii. Comienza con un color marrón claro para el pan y continúa con un tono naranja para la salchicha. Ya sabes los colores del ketchup y la mostaza, así que lo que te falta es un rosa chicle para la lengua.

PATATAS KAWAII

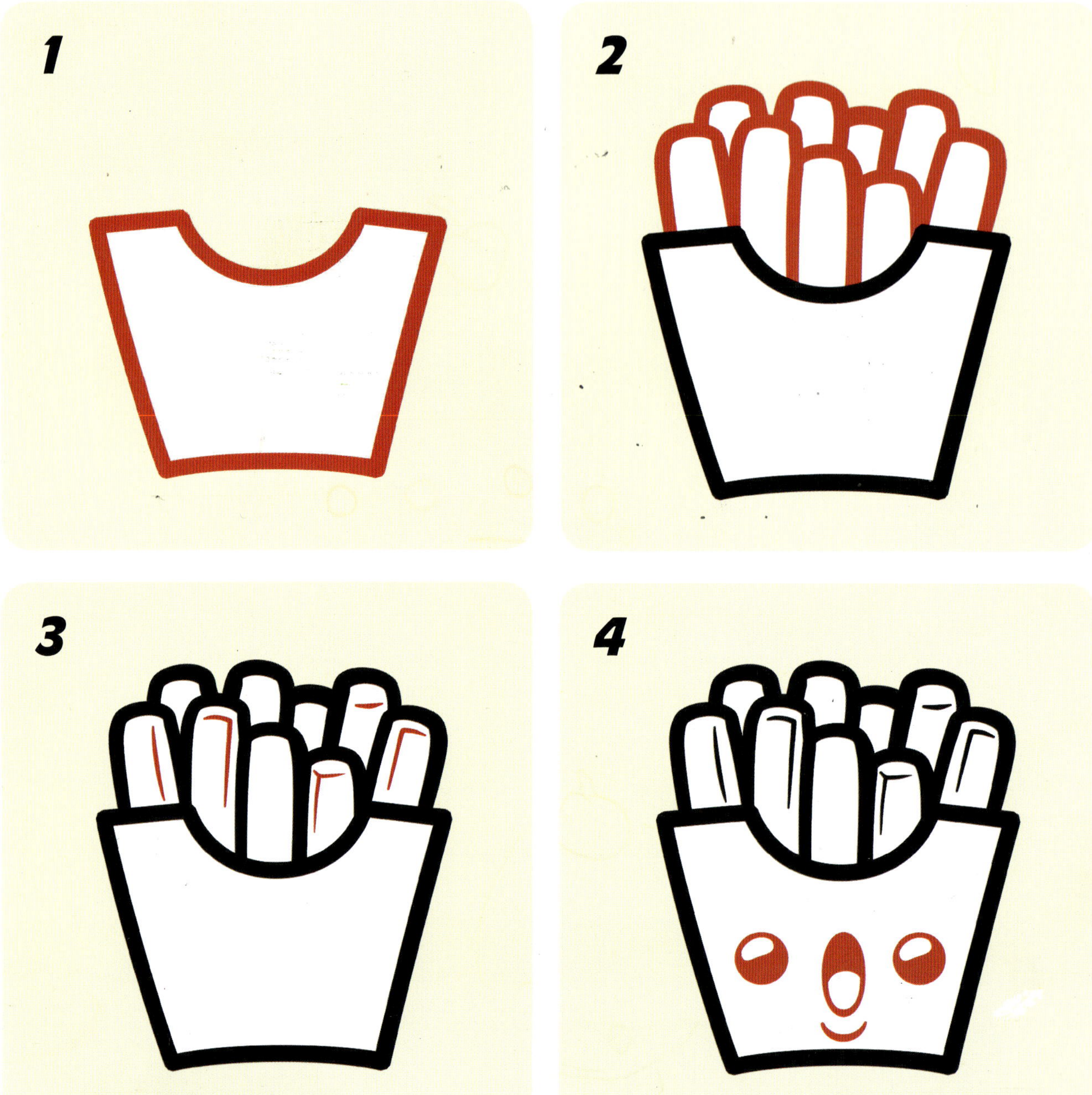

Dibujar unas patatas kawaii es algo muy sencillo si sigues estos cuatro pasos:

1. Fíjate lo fácil que es dibujar el cartucho.
2. Dibuja arriba las patatas que tienen forma de rectángulo.
3. Para que tengan volumen añade las lineas.
4. Dibuja los ojos y la boca abierta en medio.

Solo necesitas tres colores para que estas patatas fritas tomen más vida. El paquete tendrá un color rojo y crearemos un contraste con el amarillo de las patatas, por último colorea la lengua con un rosa chicle.
Han quedado deliciosas!

GALLETA KAWAII

Para dibujar una gallea kawaii sigue estos pasos:

1. Dibuja un círculo con muchas imperfecciones.
2. Añade unas arrugas en su interior.
3. Sobre él añade trozos de chocolate.
4. Por último dibuja una sonrisa con un diente, luego los ojos muy brillantes.

Esta galleta kawaii es muy fácil de colorear, utiliza un marrón oscuro para el chocolate y un marrón mas claro para la masa de la galleta, deja el brillo de los ojos en blanco al igual que el dientecito que le sobresale de la boca.

CUPCAKE KAWAII

Para dibujar un cupcake kawaii sigue los pasos:

1. Dibuja la forma del envoltorio.
2. Añade la crema, fíjate las líneas que uso para los detalles.
3. Añade círculos sobre la crema y las líneas del envoltorio.
4. Dibuja los ojos y una boca con un dientecito.

Puedes colorear tu cupcake kawaii con todos los colores que tienes abajo. Recuerda que puedes utilizar acuarelas, lápices de colores, lápices de cera o rotuladores.

BURGER KAWAII

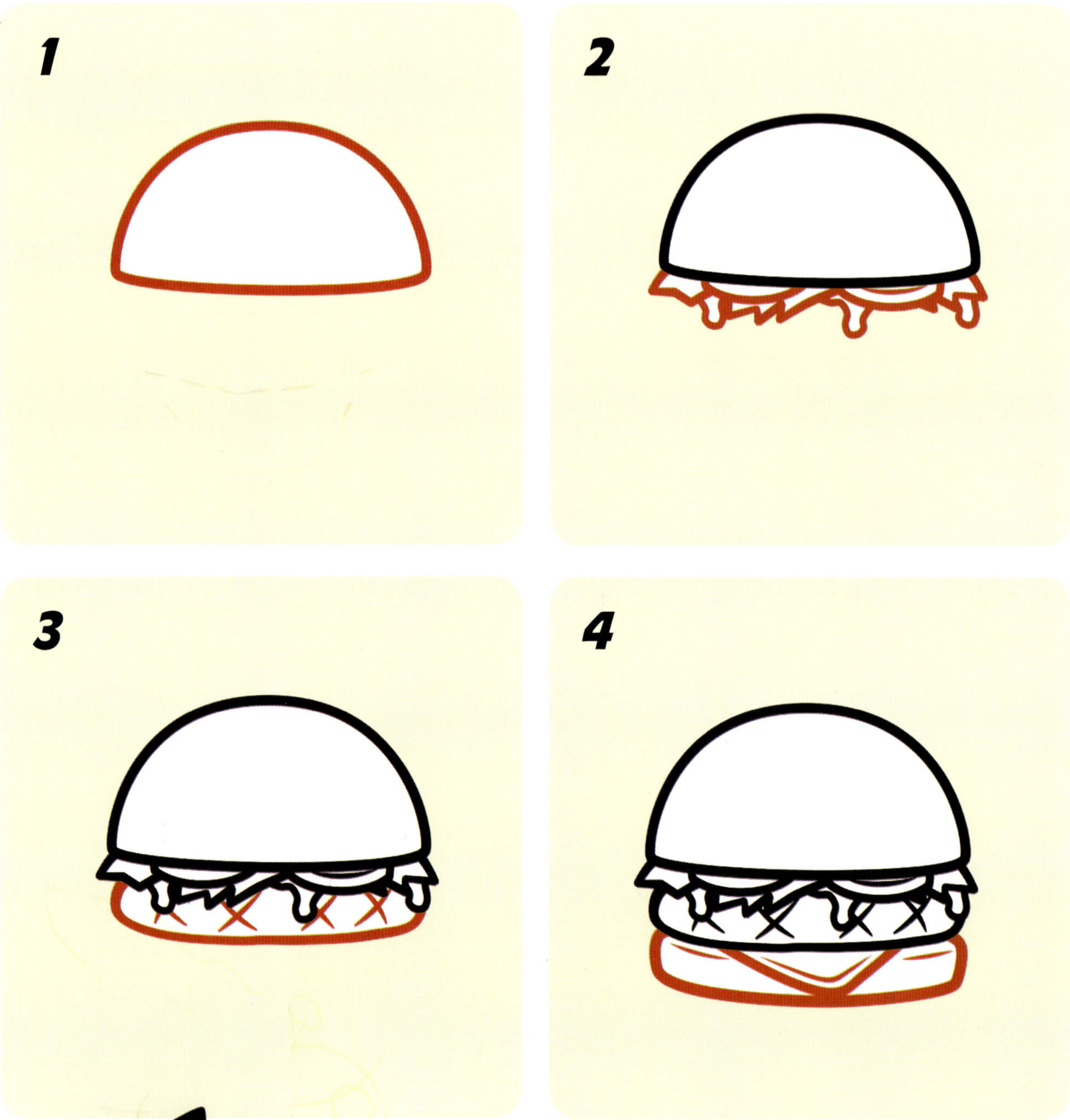

1. Dibuja medio óvalo para hacer el pan.
2. Dibuja la lechuga, tomate, ketchup y mostaza.
3. Luego dibuja la carne, recuerda poner cuatro "X" sobre ella.
4. Dibuja el pan de abajo y sobre él dibuja una "V" grande y otra más pequeña para hacer la loncha de queso.
5. Hora de dibujar las semillas de sésamo.
6. Para terminar dibuja los ojos y la boca.

5

6

Aquí abajo te dejo todos los colores que necesitas para colorear tu hamburguesa kawaii, seguro que te quedará súper apetitosa.

CÓMO DIBUJAR OBJETOS KAWAII

BOMBILLA KAWAII

Para dibujar una bombilla kawaii sigue los pasos:

1. Dibuja la forma de la bombilla, si te fijas todo parte de un círculo.
2. Debajo de ella dibuja cinco divisiones para el casquillo, el último es el más grande.
3. Dibuja los ojos dejando más espacio arriba.
4. Por último dibuja una gran sonrisa.

Vamos a darle color al dibujo! Esta bombilla va a estar encendida, así que vamos a utilizar un color amarillo para la base, y para darle más volumen añadimos un brillo que estará coloreado de un tono crema. El casquillo tendrá un tono gris y la lengua, como siempre, será de color rosa chicle.
Seguro que te queda súper kawaii!

LÁPIZ KAWAII

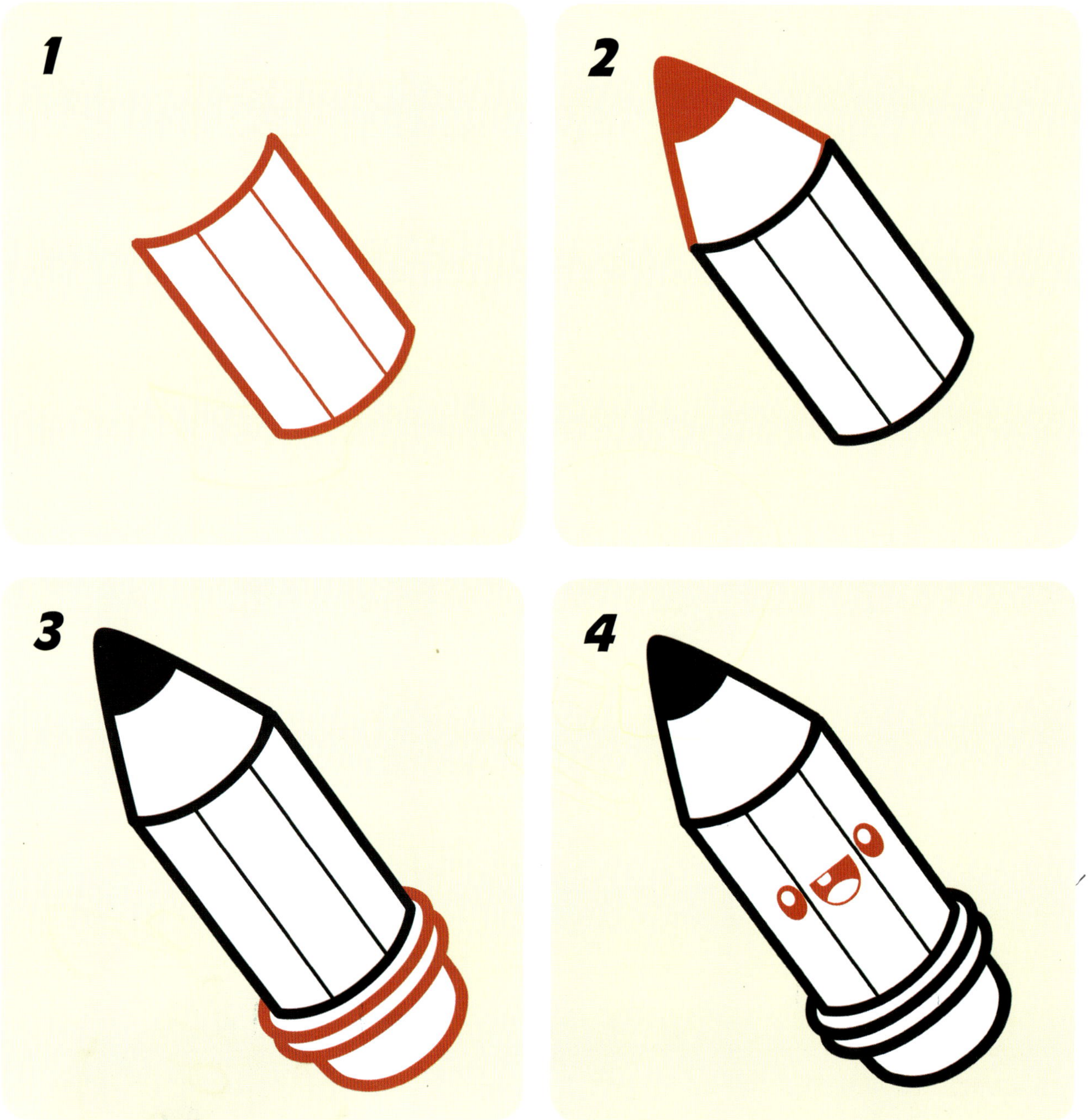

Para dibujar un lápiz kawaii sigue los pasos:

1. Dibuja el contorno con dos líneas rectas y dos curvas, luego haz dos líneas finas dentro.
2. Haz una "A" para la punta y rellena el centro.
3. Dibuja la anilla y la goma abajo.
4. Por último dibuja una sonrisa con un dientecito sobresaliendo y unos ojos brillantes.

SI QUIERES VER UN VIDEO DE CÓMO DIBUJARLO, USA ESTE CÓDIGO Y TE LLEVARÁ A UNO DE MIS VIDEOS EN YOUTUBE.

Para colorear el lápiz kawaii solo te hace falta los colores que tienes abajo. Puedes usar lápices de cera o lápices de madera para darle un toque más kawaii.

TOSTADORA KAWAII

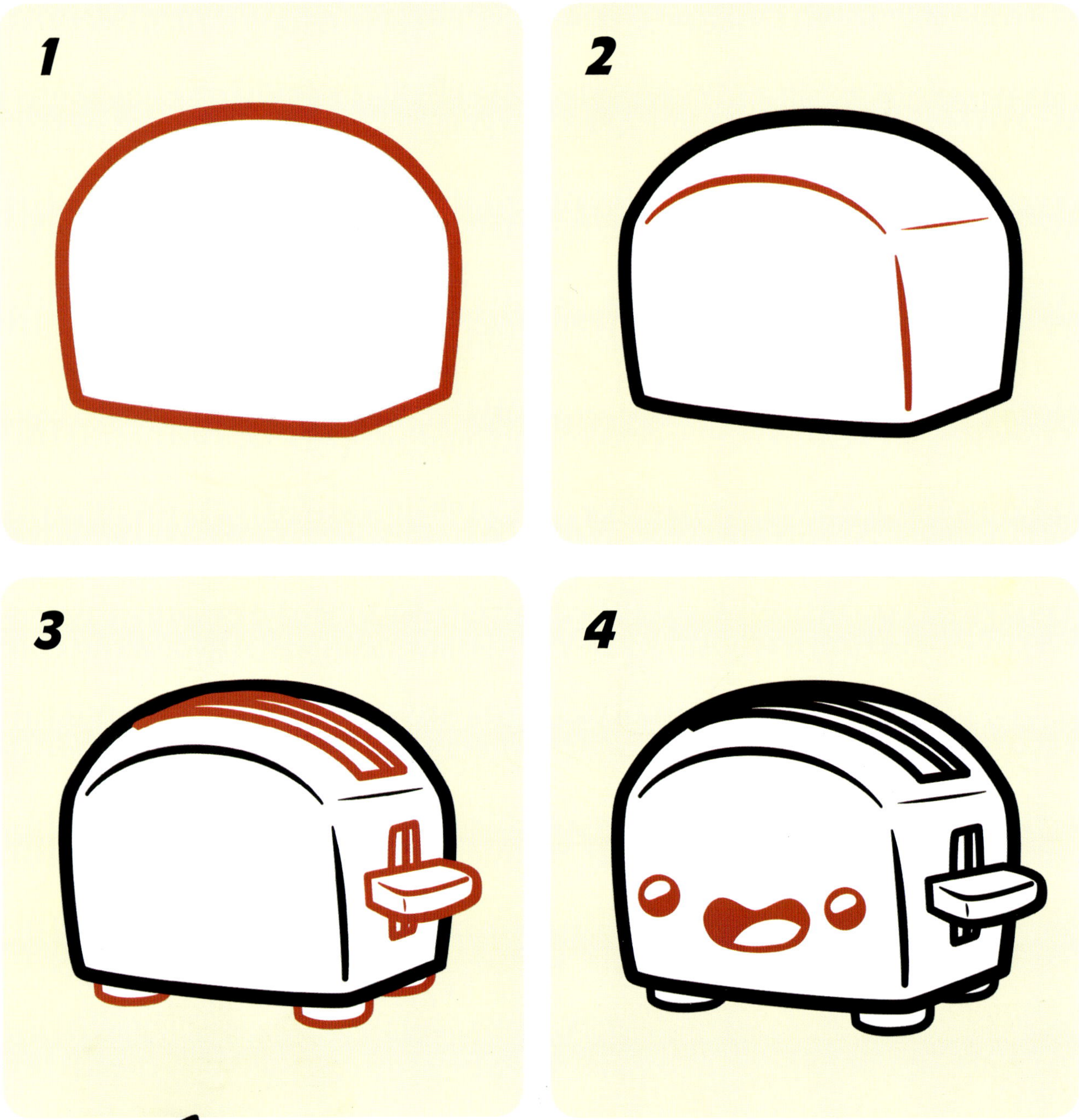

Prepárate para dibujar una tostadora súper kawaii:

1. La silueta recuerda a la forma de un cofre.
2. Con tres líneas le damos más volumen.
3. Luego añade los detalles, las patas, la ranura de arriba y la palanca.
4. Por último dibuja una sonrisa y los ojos.

El tono principal de esta tostadora es el color gris, porque nuestra tostadora es plateada, pero si quieres puedes colorearla de un color más vivo. El interior de la ranura, las patas y la palanca tienen el mismo color gris oscuro. Para finalizar tu dibujo colorea la lengua de un tono rosa.

REFRESCO KAWAII

Para dibujar un refresco kawaii sigue los pasos:

1. Dibuja la silueta de la lata de refresco.
2. Añade la parte de arriba y la parte de abajo.
3. Dibuja los detalles de la parte superior, la anilla, el agujero y los bordes de la lata.
4. Por último dibuja una sonrisa y unos ojos brillantes.

Esta lata de refresco es de color rojo y blanco, también para imitar el color plateado del aluminio vamos a usar un tono gris. Como en todos nuestros dibujos, en los que aparece una boca con lengua, usaremos un tono rosa chicle para darle color.
Y listo, ya tienes terminada esta refrescante lata de cola!

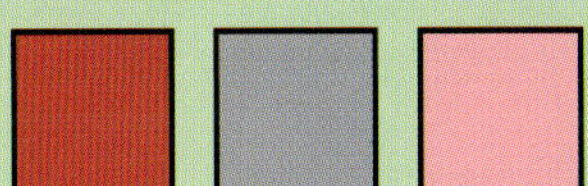

PAPELERA KAWAII

Ahora vamos a dibujar una papelera kawaii:

1. Comenzamos nuestro dibujo haciendo la forma de la papelera.
2. Añade el borde de arriba y el borde de abajo.
3. Rellénala con bolas de papel .
4. Por último dibuja una sonrisa y unos ojos brillantes.

Ahora vamos a darle color a esta papelera kawaii. He escogido el color verde para la base, pero tú puedes escoger el color que más te guste. Los bordes de la papelera son de color gris para imitar el color plateado.
Ey! No te olvides del detalle final y colorea la lengua de un color rosa chicle.

CARTA KAWAII

1

2

3

4

Vamos a dibujar una carta kawaii:

1. Dibuja la silueta del sobre.
2. En el interior dibuja una "V" muy abierta y debajo dos líneas.
3. Añade dos ojos muy brillantes.
4. Por último dibuja una sonrisa con un dientecito sobresaliendo.

Normalmente los sobres son de color blanco, pero he pensado que este puede ser el sobre para una carta de amor, y para que sea súper kawaii le he dado un tono rojo pasión. Puedes usar este dibujo para un regalo de San Valentín, incluso puedes coger un sobre de verdad y añadirle la cara de este dibujo.

LAZO KAWAII

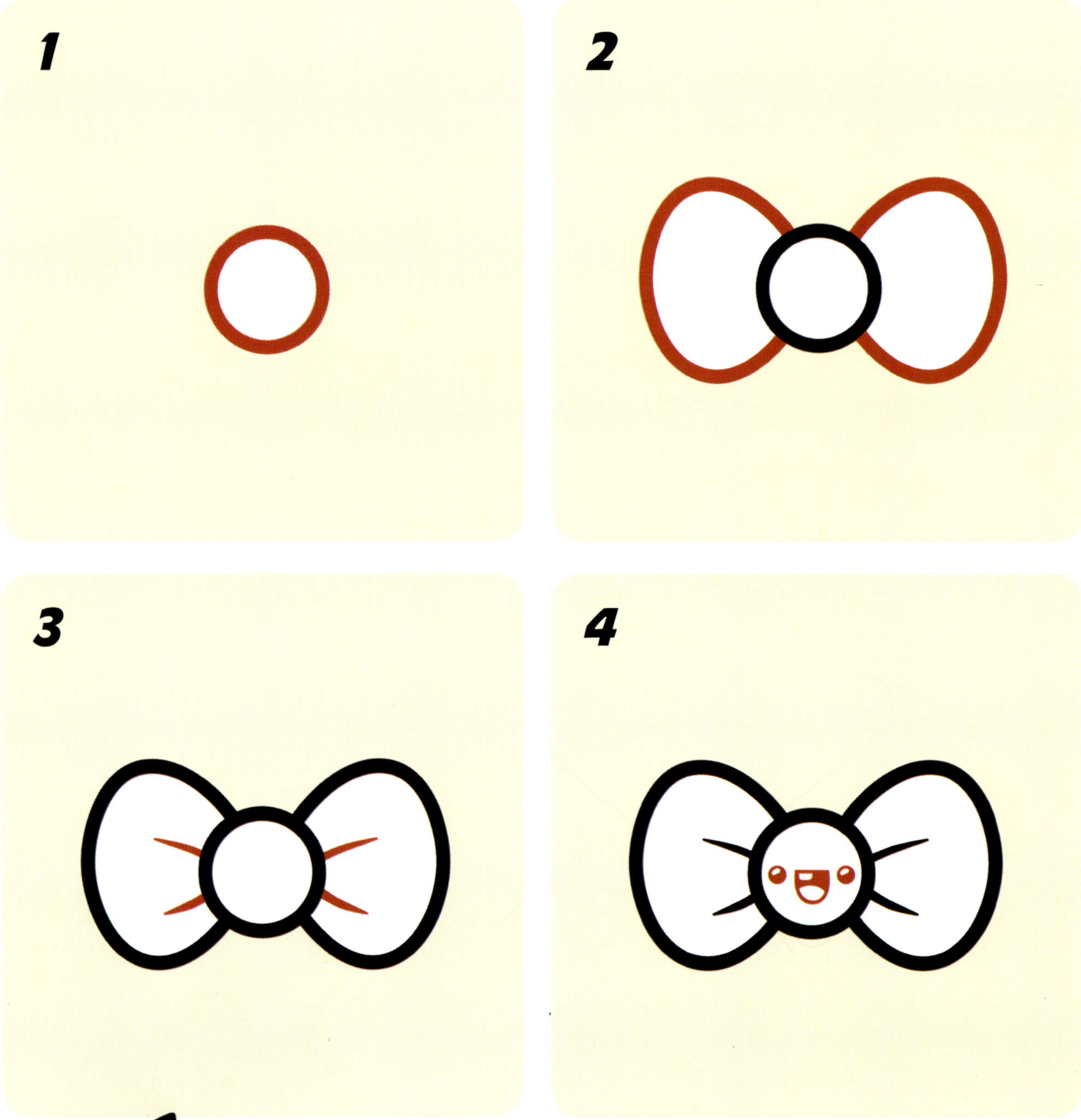

Dibuja un lazo kawaii de una forma muy fácil:

1. Dibuja un círculo.
2. De este círculo salen dos óvalos.
3. Añade cuatro lineas para imitar las arrugas.
4. Y por último dibuja una sonrisa con un dientecito sobresaliendo y unos ojos brillantes.

SI QUIERES VER UN VIDEO DE CÓMO DIBUJARLO, USA ESTE CÓDIGO Y TE LLEVARÁ A UNO DE MIS VIDEOS EN YOUTUBE.

Este lazo será de color rojo, pero puedes cambiarle el color y elegir el que más te guste, luego colorea la lengua de color rosa.
Este lazo lo puede utilizar para completar un dibujo, puedes añadirlo como pajarita en un personaje que vista de forma elegante o puedes añadirlo sobre la cabeza de una niña kawaii.

CACTUS KAWAII

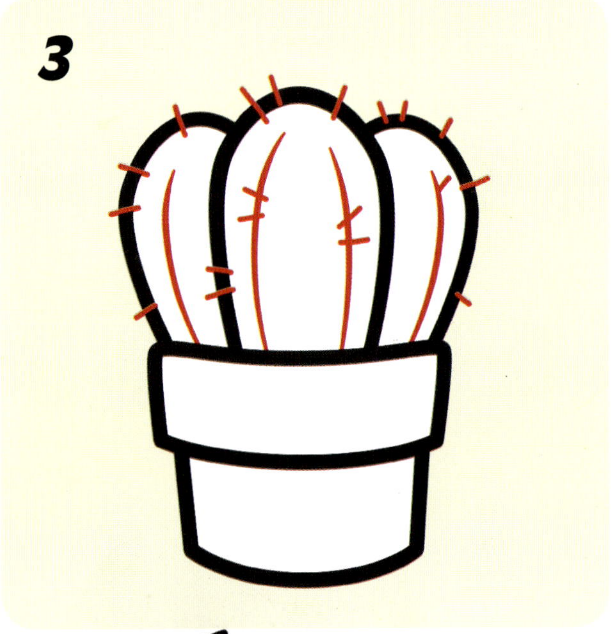

Para dibujar un cactus kawaii sigue los pasos:

1. Dibuja la maceta e intenta que sea pequeña.
2. Añade las tres partes del cactus.
3. Sobre las formas dibuja los pinchos y detalles.
4. Para finalizar dibuja los ojos y una boca cerrada con unos grandes mofletes.

SI QUIERES VER UN VIDEO DE CÓMO DIBUJARLO, USA ESTE CÓDIGO Y TE LLEVARÁ A UNO DE MIS VIDEOS EN YOUTUBE.

Este dibujo tiene dos tonos diferentes, utilizamos un color verde limón para la parte del cactus y un marrón arcilla para la parte de la maceta. Si te fijas, el color amarillo del fondo crea un bonito contraste, espero que también te sirva a ti.

PELOTA KAWAII

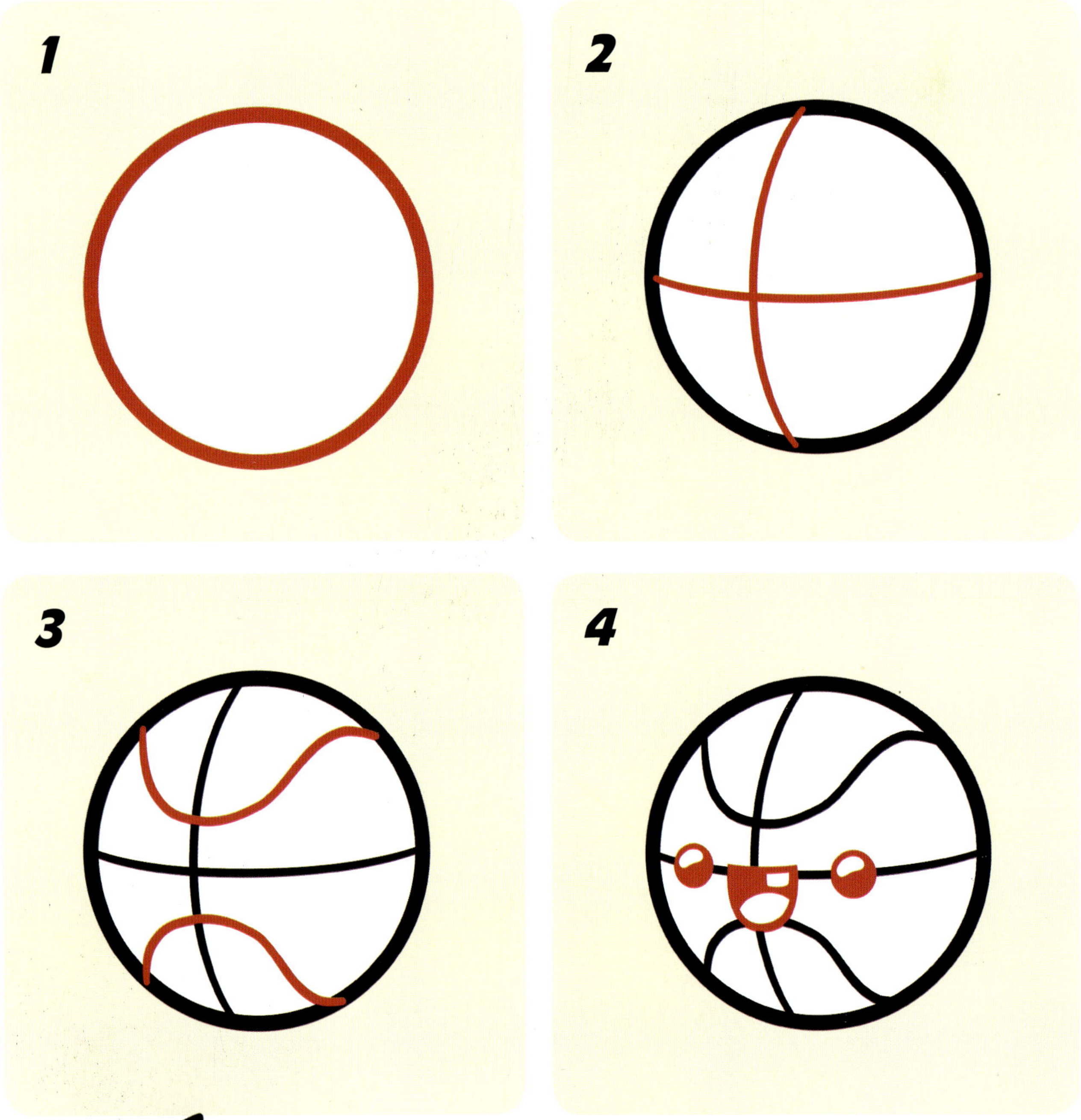

Una pelota de baloncesto es muy fácil de dibujar:

1. Dibuja un círculo.
2. Añade una línea curvada a la izquierda que se cruza verticalmente y otra línea curvada hacia abajo que se cruza horizontalmente.
3. Haz dos líneas más como en el ejemplo.
4. Y por último dibuja la sonrisa y los ojos.

Todos sabemos que las pelotas de baloncesto son de color naranja, así que vamos a darle este tono a nuestra divertida pelota kawaii. Colorea la lengua con un tono rosa y ya estará lista para jugar un partido.

LIBRETA KAWAII

Vamos a dibujar una libreta kawaii:

1. Dibujamos la forma del papel.
2. Añadimos detrás la cubierta y algunas líneas para dar volumen y la división de las hojas.
3.En la parte de arriba añadimos cuatro anillas.
4. Por último dibuja una sonrisa y unos ojos brillantes.

El color del papel, evidentemente, es blanco, pero vamos a dar un poco de volumen coloreando los cantos de un color gris claro. La cubierta de nuestra libreta será de color rojo, pero como siempre esta parte queda a vuestra elección. Colorea las anillas del mismo gris que el papel y termina este fantástico dibujo coloreando la lengua de color rosa.

CÓMO DIBUJAR PERSONAS KAWAII

NIÑO KAWAII

1. Vamos a dibujar este niño empezando por un óvalo.
2. Luego añade el pelo, que sea muy redondito.
3. Utiliza dos círculos para dibujar las orejas.
4. Añade las cejas.
5. Ahora dibuja los ojos y una bonita sonrisa.
6. Por último dibuja las gafas e intenta que la sonrisa quede bien centrada.

5

6

Este niño está basado en mi hijo Jose. Tiene las gafas de color rojo y su pelo es castaño oscuro, así que utilizaremos un color marrón, y por último colorearemos la piel.

NIÑA KAWAII

1. Empezamos a dibujar la cabeza con un óvalo.
2. Luego añade el pelo, que sea muy redondito.
3. Añade una cola sobre la cabeza.
4. Utiliza dos círculos para dibujar las orejas.
5. Ahora dibuja una ceja, la otra ceja quedará tapada con el flequillo y una bonita sonrisa.
6. Por último dibuja los ojos y añade las pestañas.

Este niña esta basada en mi hija Lucía. Las bolitas de la gomilla son de color magenta, su pelo es castaño, así que utilizaremos un color marrón, y por último coloreamos la piel.

NIÑA KAWAII

1. Empezamos a dibujar la cabeza con un óvalo.
2. Luego añade los rizos del flequillo.
3. Añade el pelo rizado rodeando la cabeza.
4. Utiliza dos círculos para dibujar las orejas.
5. Dibuja las cejas pegadas al flequillo y añade una bonita sonrisa.
6. Por último dibuja los ojos y añade las pestañas.

Para colorear esta niña kawaii solo te hacen falta dos colores, el tono de piel y el negro para ese pelazo!

ANCIANO KAWAII

1. Dibuja la silueta de la cabeza de este anciano.
2. En la parte superior dibujamos el pelo.
3. Utiliza dos círculos para dibujar las orejas.
4. Dibuja la sonrisa y añade líneas que representan las arrugas de la boca, también dibuja un diente y marca sus mejillas con dos líneas.
5. Dibuja las cejas y las arrugas de la frente.
6. Por último dibuja los ojos y unas ojeras.

5

6

Vamos a darle color a este viejecito sonriente, coloreamos de gris el pelo y de rosa la lengua, luego colorea la piel.

NIÑO KAWAII

1. Vamos a dibujar este niño empezando por un óvalo.
2. Añade las cejas.
2. Luego añade el pelo, que sea muy redondito.
3. Utiliza dos círculos para dibujar las orejas.
5. Ahora dibuja una bonita sonrisa.
6. Por último dibuja los ojos muy brillantes.

5

6

Este niño es de piel morena, así que usaremos el color marrón para colorearlo y su pelo es de color negro.

ANCIANA KAWAII

1. Dibuja la silueta de la cabeza de esta anciana.
2. En la parte superior dibujamos el pelo.
3. Utiliza dos círculos para dibujar las orejas.
4. Dibuja la sonrisa y añade líneas que representan las arrugas de la boca, marca sus mejillas con dos líneas.
5. Dibuja las cejas y las arrugas de la frente.
6. Por último dibuja los ojos y unas ojeras.

5

6

Esta anciana tiene el color del pelo gris, colorea su piel y busca un verde esmeralda para colorear sus pendientes.

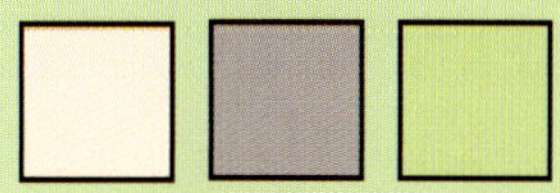

CHICA KAWAII

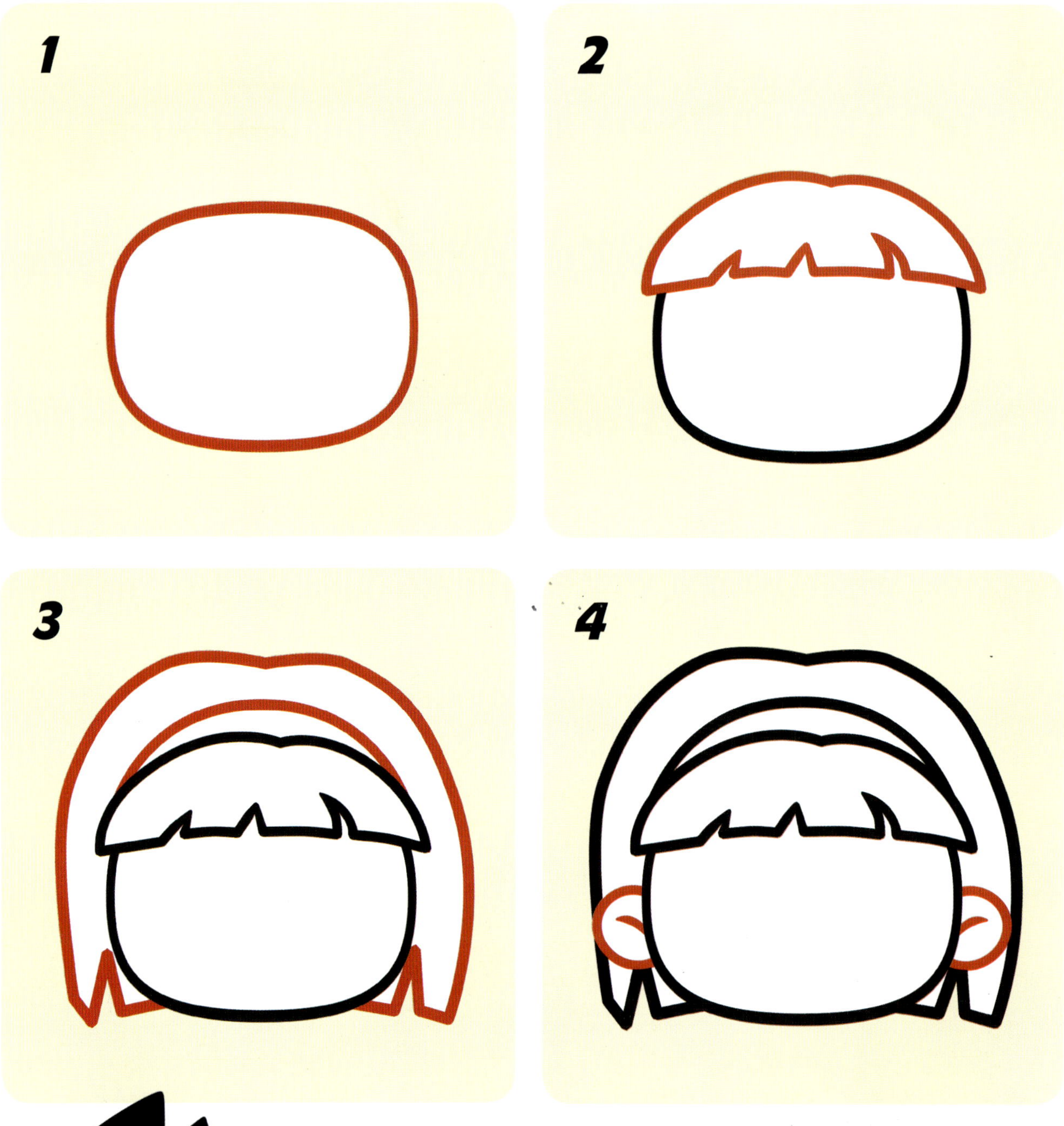

1. Vamos a dibujar este niña empezando por un óvalo.
2. Luego añade el flequillo en la parte superior.
3. Dibuja el resto del pelo haciéndo que este caiga por detrás de la cabeza.
4. Utiliza dos círculos para dibujar las orejas.
5. Añade las cejas y una bonita sonrisa.
6. Ahora dibuja los ojos y sus pestañas.

Para colorear esta niña kawaii vamos a usar un color morado para el pelo, un fucsia para la diadema, el color carne para la piel y rosa para las mejillas.

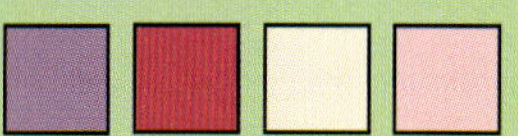

CHICO KAWAII

1. Para dibujar a este chico kawaii empieza por un ovalo.
2. Utiliza dos círculos para dibujar las orejas.
3. Luego añade el pelo, que sea muy redondito.
4. Dibuja una sonrisa y un hoyuelo en la barbilla.
5. Añade las cejas.
6. Ahora dibuja los ojos.

Para colorear este chico kawaii solo te hacen falta dos colores, el tono de piel y el negro para el pelo.

MUJER KAWAII

1. Vamos a dibujar esta mujer empezando por un óvalo.
2. Utiliza dos círculos para dibujar las orejas y otros dos más para los pendientes.
3. Añade las cejas y la sonrisa.
4. Dibuja el flequillo, una parte cae sobre la cara.
5. Dibuja el resto del pelo detrás de la cabeza.
6. Por último dibuja los ojos y las pestañas.

5

6

Para colorear esta mujer usa todos los colores que te dejo aquí abajo.

HOMBRE KAWAII

1. Vamos a dibujar este hombre y empezamos por un cuadrado de puntas redondas.
2. Utiliza dos círculos para dibujar las orejas.
3. El pelo es afilado y de punta.
4. Dibuja la boca y sobre ella una perilla, que acabe en punta como el pelo.
5. Añade las cejas.
6. Ahora dibuja los ojos y una bonita sonrisa.

5

6

Para colorear este hombre kawaii solo te hacen falta dos colores, el tono de piel y el negro para ese pelo.

CÓMO DIBUJAR HALLOWEEN KAWAII

FRANKENSTEIN KAWAII

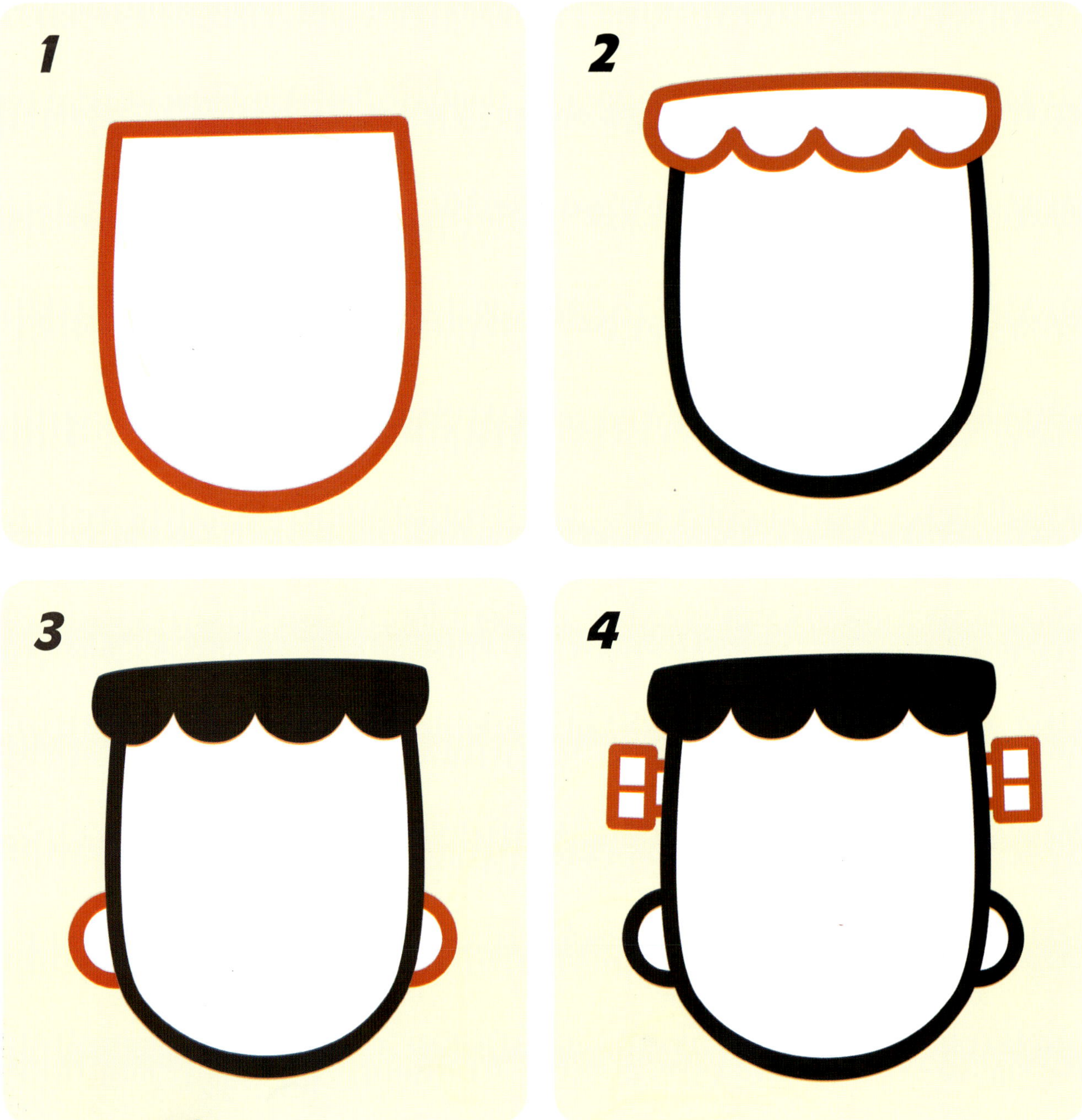

1. Vamos a dibujar a Frankenstein comenzando por dar forma a la cabeza.
2. El pelo es plano por arriba y redondo por abajo.
3. Utiliza dos círculos para dibujar las orejas.
4. Dibuja dos tornillos a la altura de la frente.
5. Añade los ojos, las cejas y la boca.
6. Para finalizar dibuja una cicatriz en la frente.

5

6

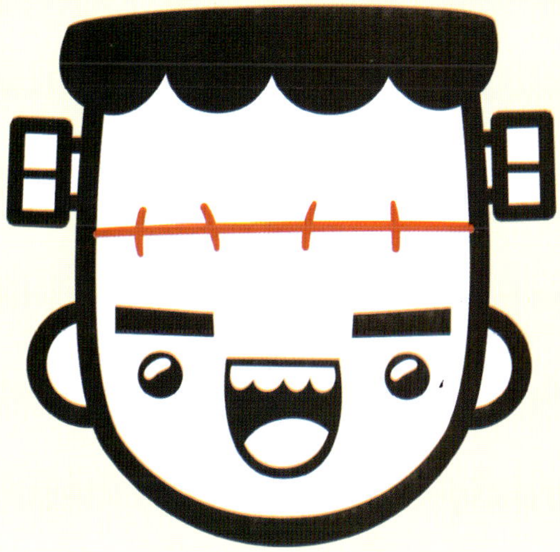

Para colorear a Frankenstein utilizaremos un tono verde para la piel, un tono morado para la lengua y un gris para los tornillos.

VAMPIRO KAWAII

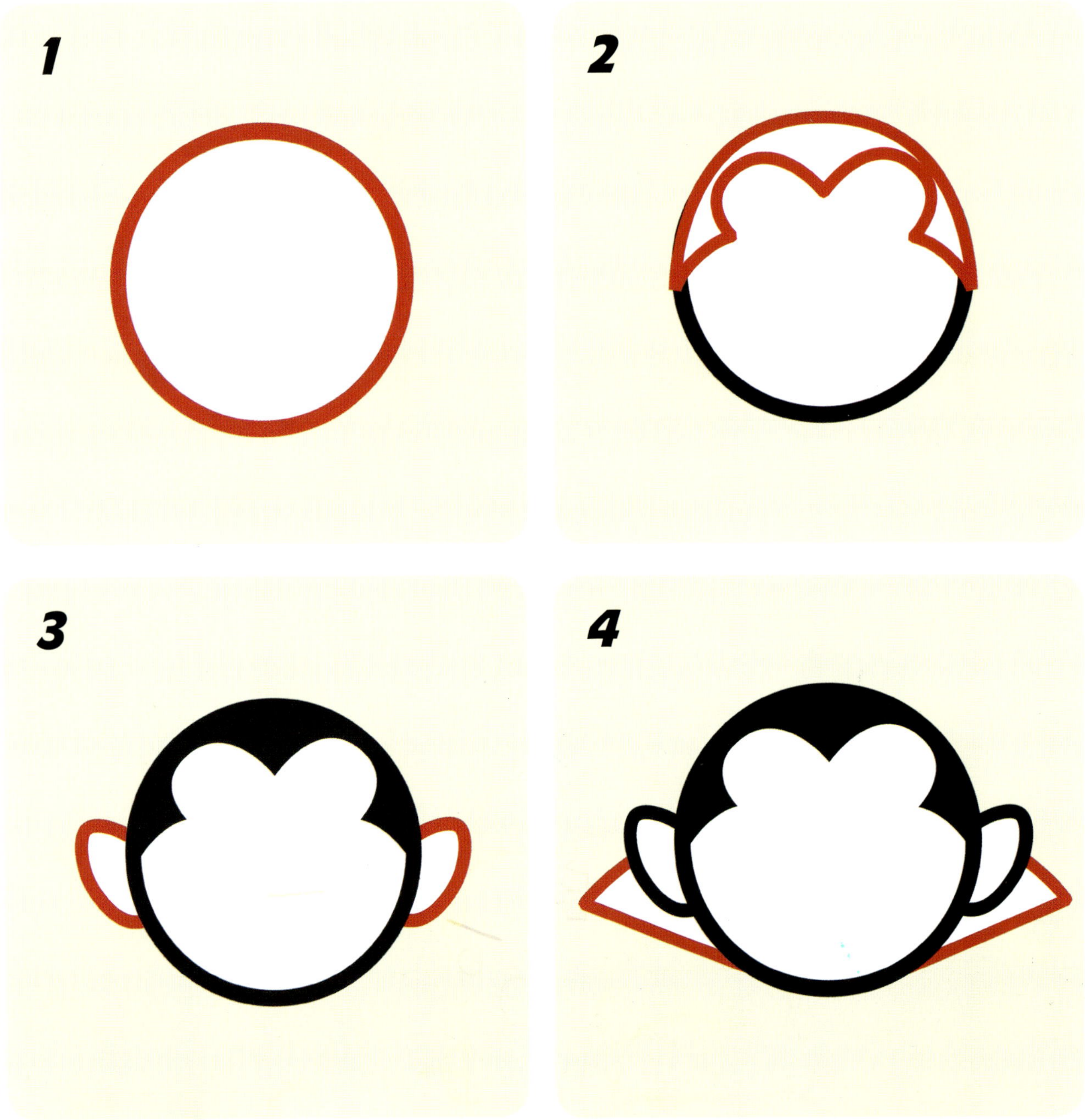

1. La cabeza de nuestro vampiro comienza con un círculo.
2. Luego dibujamos el pelo sobre él.
3. Las orejas son de punta.
4. Añade los picos de la capa detrás de la cabeza.
5. Dibuja la boca del vampiro, imprescindible los colmillos.
6. Por último añade sus ojos brillantes.

5

6

Este Drácula es de piel morada y su lengua también, pero de un tono más oscuro. Como todo vampiro que se precie tiene una capa roja.

SI QUIERES VER UN VIDEO DE CÓMO DIBUJARLO, USA ESTE CÓDIGO Y TE LLEVARÁ A UNO DE MIS VIDEOS EN YOUTUBE.

GATO KAWAII

Vamos a dibujar un gato kawaii para Halloween:

1. Dibuja un óvalo.
2. Añade dos triángulos arriba para las orejas.
3. Dibuja dos grandes ojos en la parte de abajo.
4. Por último dibuja los bigotes.

Para colorear tu gato de Halloween solo necesitas el color negro para el pelaje y un color amarillo para sus grandes ojos. Este dibujo es perfecto para decorar tu habitación cuando llegue Halloween, seguro que tus amigos se quedarán aterrorizados cuando lo vean.

CORAZÓN KAWAII

1

2

3

4

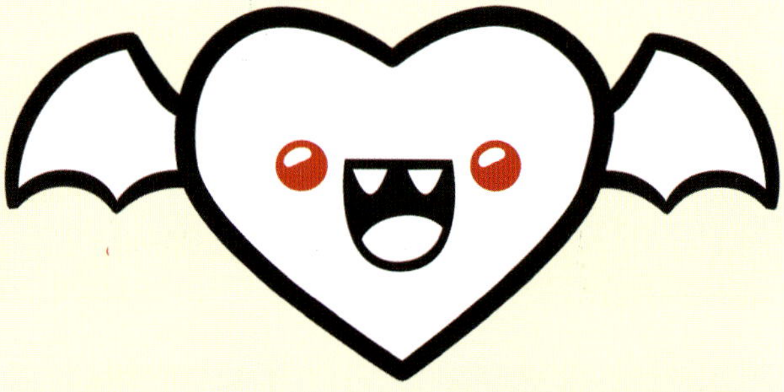

Vamos a dibujar un corazón vampiro al estilo kawaii:

1. Primero hacemos la forma de un corazón.
2. Añadimos un par de alas de murciélago.
3. Luego dibuja una boca con dos colmillos.
4. Y por último añade unos ojos deseosos de sangre humana.

SI QUIERES VER UN VIDEO DE CÓMO DIBUJARLO, USA ESTE CÓDIGO Y TE LLEVARÁ A UNO DE MIS VIDEOS EN YOUTUBE.

Este corazón vampiro tiene que tener un color morado, las alas tendrán un tono más oscuro de morado y la lengua es de color verde limón. Deja los colmillos de color blanco y si quieres puedes dibujarle un poco de sangre saliendo de su boca.

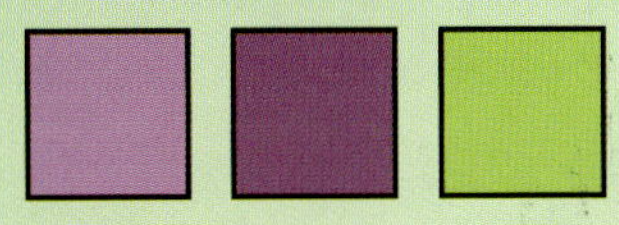

HUESOS KAWAII

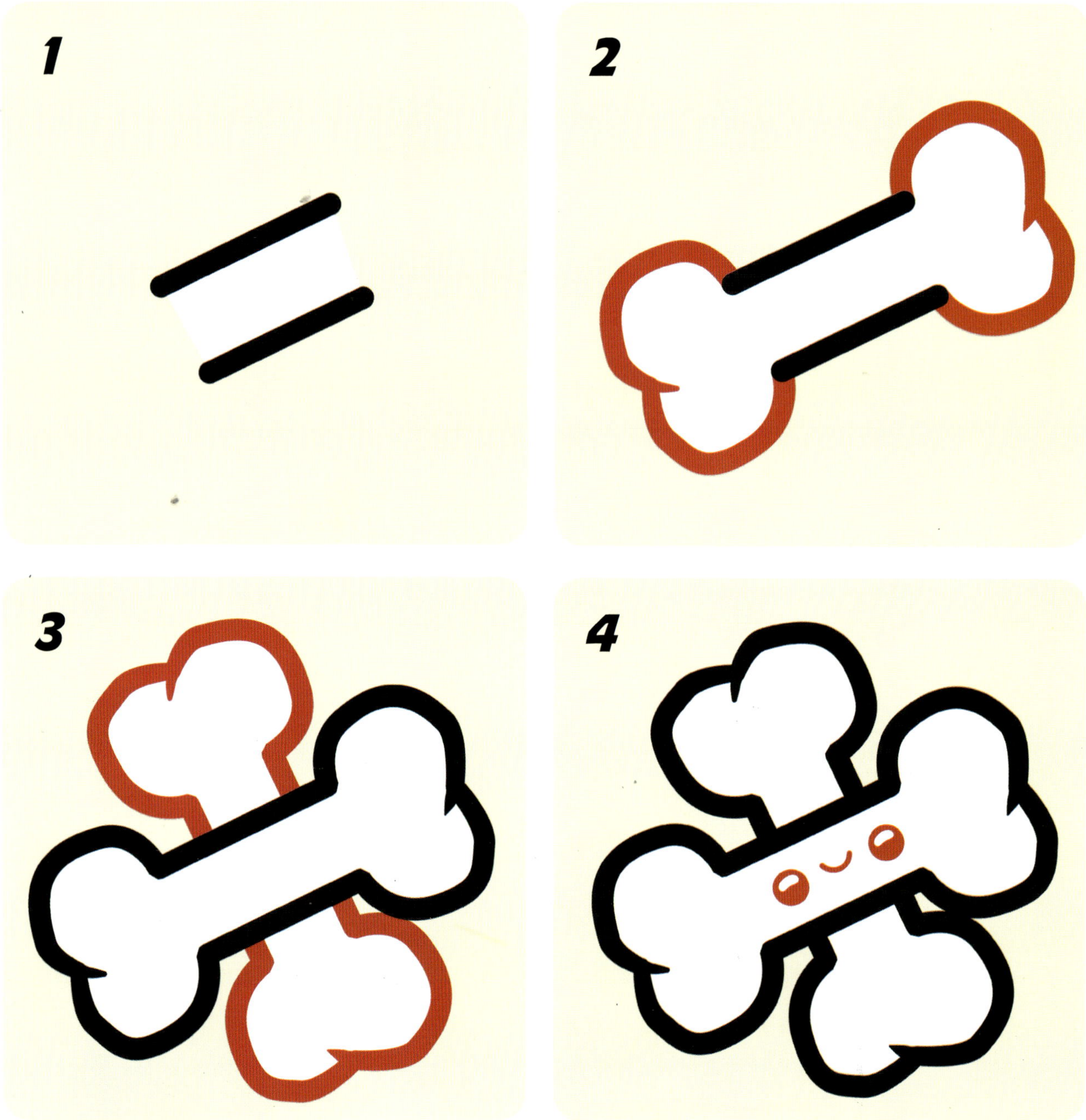

Dibujar unos huesos kawaii es algo súper fácil:

1. Dibuja un par de líneas.
2. Añade la parte redonda del hueso en cada extremo.
3. Detrás del hueso repite a la inversa lo que has dibujado.
4. Por último dibuja una sonrisa y unos ojos.

SI QUIERES VER UN VIDEO DE CÓMO DIBUJARLO, USA ESTE CÓDIGO Y TE LLEVARÁ A UNO DE MIS VIDEOS EN YOUTUBE.

El color de los huesos es blanco pero también puedes colorearlos de un color crema.
Como ves el color naranja hace un bonito contraste con el dibujo.

FANTASMA KAWAII

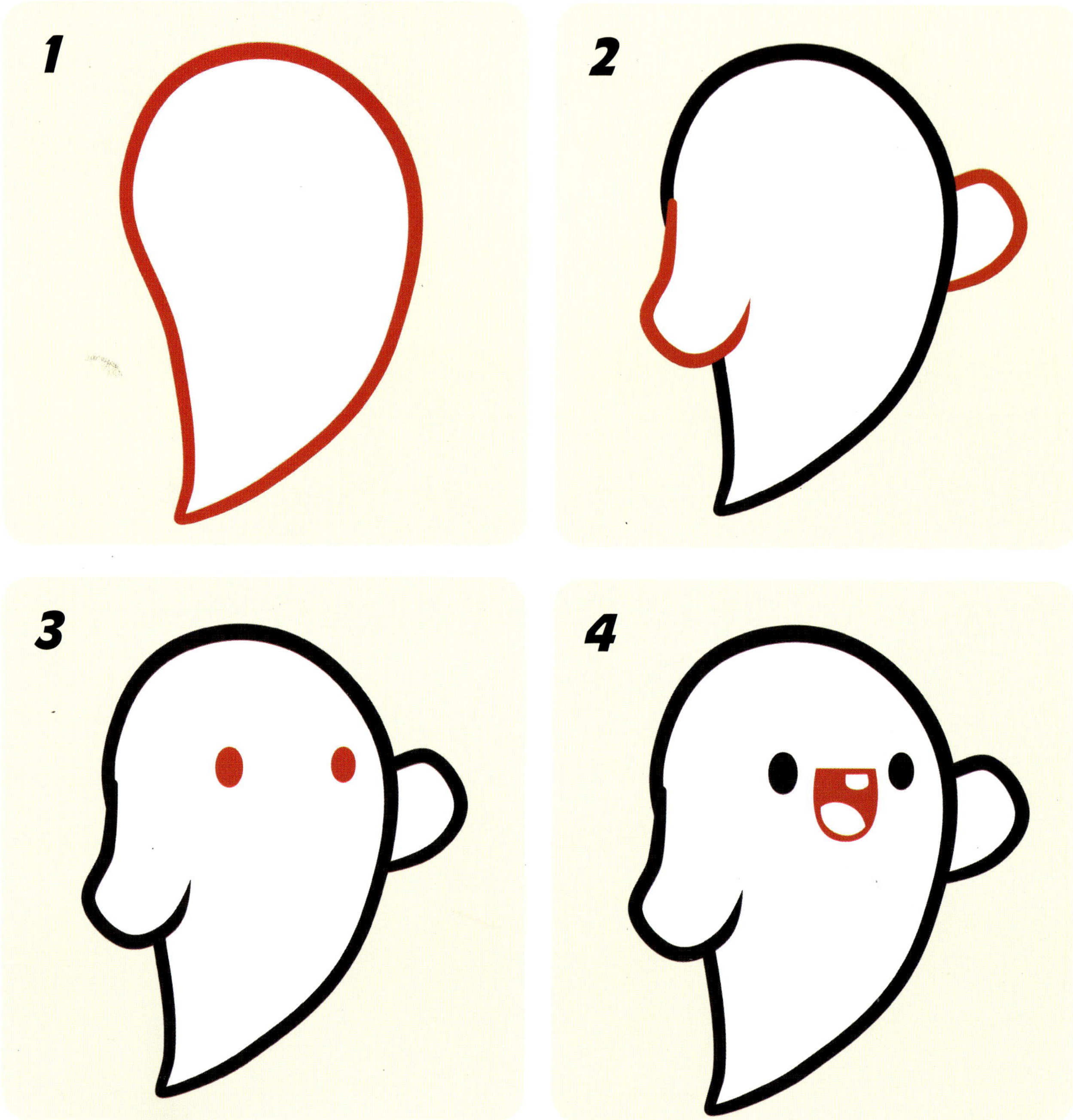

¿Preparado para dibujar este fantasma kawaii?:

1. Para empezar dibuja la forma de una gota invertida.
2. Ahora añade un par de brazos.
3. Con dos óvalos ya tenemos los ojos.
4. Y para terminar vamos a dibujarle una gran sonrisa. Al pobre solo le queda un diente.

Ya tenemos el dibujo listo, es hora de dar color. He utilizado un morado claro para el cuerpo porque el color blanco era muy aburrido. Para colorear la lengua puedes usar un verde limón. ¿Qué te parece? Creo que es un fantasma muy kawaii.

CARAMELO KAWAII

Un caramelo puede ser dulce y mortal. ¿Te atreves a dibujar este caramelo vampiro?

1. Usa un óvalo para el centro.
2. Luego añade el resto del envoltorio dibujando un par de alas.
3. Dibuja los ojos y una boca abierta con colmillos.
4. Dibuja las separaciones de color.

SI QUIERES VER UN VIDEO DE CÓMO DIBUJARLO, USA ESTE CÓDIGO Y TE LLEVARÁ A UNO DE MIS VIDEOS EN YOUTUBE.

No pases a tinta la parte de las rayas que adornan el caramelo, pues queda mejor el contraste que se crea entre el naranja y el gris oscuro. Para la boca de vampiro puedes usar un color morado para la lengua.
Otro dibujo más para tu colección de Halloween.

MURCIÉLAGO KAWAII

1

2

3

4

Vamos a dibujar un murciélago kawaii:

1. Dibuja un óvalo.
2. Añade las orejas en forma de triángulos.
3. Dibuja dos grandes ojos y la boca con los colmillos.
4. Para finalizar dibuja unas pequeñas alas.

SI QUIERES VER UN VIDEO DE CÓMO DIBUJARLO, USA ESTE CÓDIGO Y TE LLEVARÁ A UNO DE MIS VIDEOS EN YOUTUBE.

El murciélago es de color negro, su boca es de un tono morado y sus ojos los puedes colorear de un tono crema o amarillo.
Puedes recortar tu dibujo y colgarlo en la lámpara de tu cuarto para crear una decoración para Halloween.

TUMBA KAWAII

Lo nunca visto, una tumba kawaii:

1. Dibuja la forma de la lápida.
2. Añádele volumen y dibuja un montículo debajo.
3. Dibuja una sonrisa y unos ojos brillantes.
4. Escribe la palabra "RIP" en la parte superior y dibuja los matojos de hierba en la parte inferior.

La lápida es de color gris, pero también usaremos un gris más oscuro para dar sombra. Colorea la hierba de un verde oscuro y termina este fantástico dibujo coloreando la lengua de color rosa.

MOMIA KAWAII

1

2

3

4

Vamos a dibujar una momia kawaii:

1. Dibuja un círculo.
2. Añadimos detrás un trozo de venda.
3. Dibuja las líneas de las vendas y deja un espacio vacío para la cara.
4. En el espacio que hemos dejado dibuja una sonrisa y unos ojos brillantes.

Vamos a terminar nuestra momia kawaii con un par de colores. El vendaje lo vamos a dejar en blanco, pero la parte de la cara le daremos un tono verde claro. La lengua de nuestro personaje será de un color morado intenso.
¡Y listo! Ya puedes decorar tu fiesta de Halloween con este pedazo de dibujo.

CÓMO DIBUJAR NAVIDAD KAWAII

GORRO KAWAII

Vamos a dibujar un gorro navideño kawaii:

1. Dibuja la forma triangular del gorro y deja la parte de arriba torcida hacia la izquierda.
2. Añadimos un pompón en la parte superior.
3. Luego dibujamos el canto del gorro que tiene forma de nube.
4. Para terminar dibujamos una sonrisa y los ojos.

Todos conocemos el color de un gorro navideño. El color rojo y blanco serán los tonos apropiados para terminar tu dibujo, pero recuerda que tiene la boca abierta, por lo tanto hay que colorear la lengua de un tono rosa chicle.

ÁRBOL KAWAII

Este árbol navideño es perfecto para rodearlo de regalos en estas navidades. ¿Lo dibujamos?

1. Dibuja las ramas creando tres ángulos de diferentes tamaños, uno sobre otro.
2. Añadimos el tronco en la parte inferior.
3. Dibuja una estrella arriba.
4. Y por último dibuja una sonrisa y los ojos.

Vamos a terminar el árbol navideño con unos colores básicos. Tenemos que colorear las ramas de color verde, la estrella será de color amarillo, el tronco de color marrón café y la lengua de color rosa.
Ahora solo queda esperar a Santa Claus.

ESTRELLA KAWAII

1. Empieza dibujando la forma de una flecha.
2. Añádele dos brazos y ya tendrás una estrella.
3. Utiliza dos círculos para dibujar los ojos.
4. Dibuja una sonrisa a tu estrella kawaii.
5. Dibuja una "W" tumbada junto a ella.
6. Une la "W" con la estrella usando dos líneas curvas para crear la estela.

La estrella será de color amarillo huevo. Colorea la lengua con un color rosado.
¡Ha quedado súper bonita!

SI QUIERES VER UN VIDEO DE CÓMO DIBUJARLA, USA ESTE CÓDIGO Y TE LLEVARÁ A UNO DE MIS VIDEOS EN YOUTUBE.

CALCETÍN

1. Dibuja la forma del calcetín.
2. Añade el borde arriba.
3. Luego dibuja un bastón de caramelo.
4. Junto a él añade una caja de regalo.
5. Añade los ojos y la boca.
6. Para finalizar dibuja las costuras de la punta, el talón y divide con líneas los colores del bastón de caramelo.

5

6

Los colores navideños siempre son los mismos, así que vamos a colorear nuestro calcetín de rojo y verde. El bastón de caramelo será de color rojo y blanco.

BASTÓN KAWAII

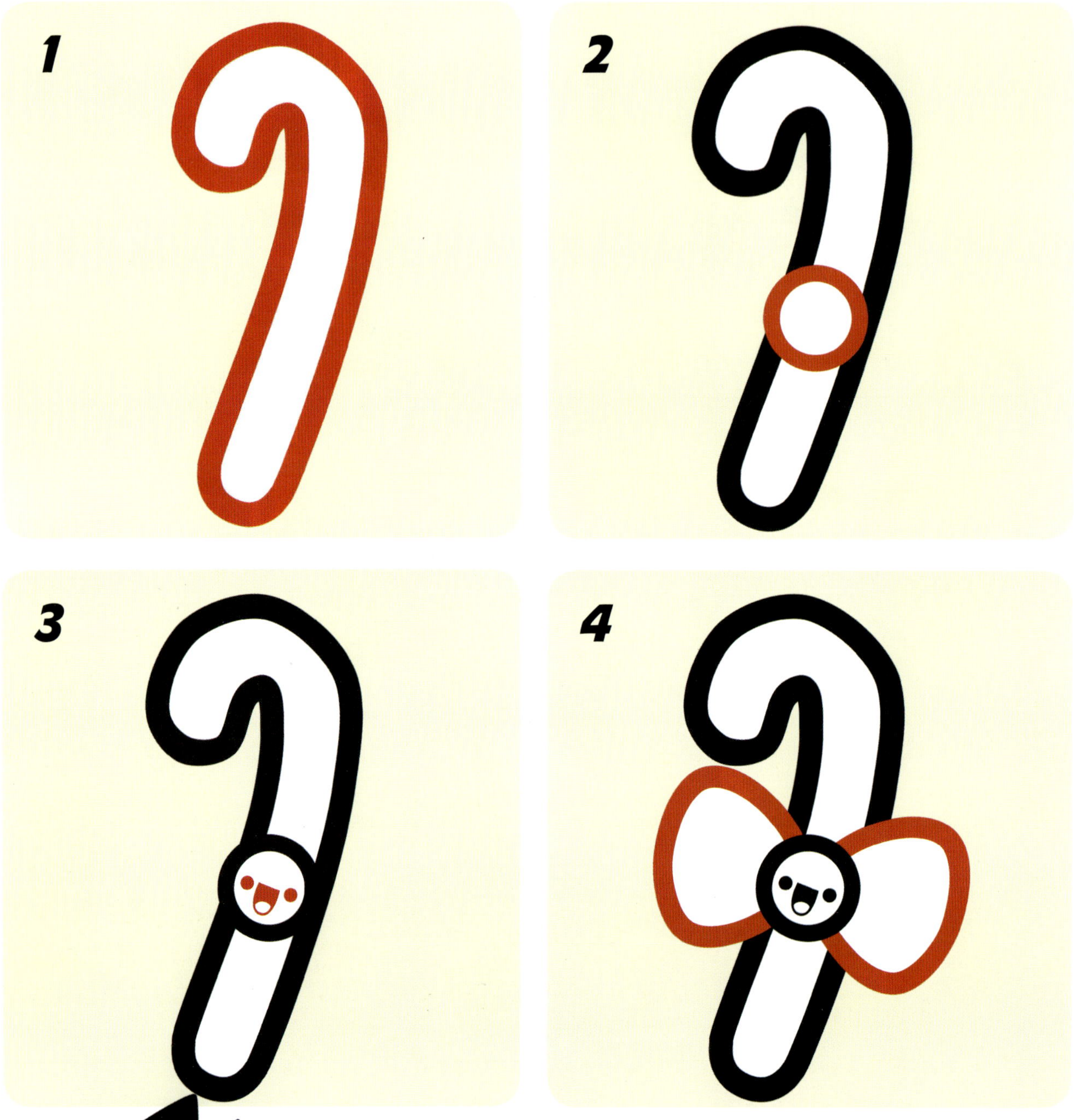

1. Dibuja la forma del bastón de caramelo.
2. Sobre él dibuja un pequeño círculo.
3. Añádele una carita kawaii.
4. Termina la forma del lazo.
5. Luego los detalles de las arrugas y los extremos del lazo.
6. Para finalizar dibuja las líneas divisorias de los colores del bastón.

5

6

Puedes colorearlo con rojo y blanco y el lazo de color verde.
No te olvides de la lengua que es de color rosa.

CHOCOLATE KAWAII

1. Dibujamos la base de la taza.
2. Añadimos la cara kawaii.
3. Damos volumen dibujando el reborde superior y añadimos el asa de esta taza navideña.
4. Ahora dibujamos la espuma sobre ella.
5. Añadimos las virutas de chocolate y los palitos de caramelo.
6. Dividimos los palitos con cuatro líneas curvas.

5

6

Colorea la espuma con un tono crema, el chocolate de color marrón y la taza y los palitos de caramelo serán de color rojo.

CUPCAKE KAWAII

1. Dibuja la base del cupcake.
2. Sobre él dibuja medio óvalo.
3. Añade una capa de crema sobre el óvalo.
4. Dibuja tres círculos sobre el cupcake.
5. Traza tres líneas en la base y dibuja un par de hojas sobre los círculos.
6. Para finalizar dibuja la cara kawaii con una gran sonrisa.

Abajo tienes todos los colores que necesitas para dar color a tu dibujo. Mira que navideño queda.

GRACIAS A MIS BOCETEROS

Quiero darte las gracias por formar parte de esta gran tribu. Los boceteros somos todos aquellos que disfrutamos dibujando, ya sea un pequeño garabato en el borde de una servilleta o un maravilloso dibujo en un sketchbook. Somos muchos repartidos por todo el mundo y nuestra pasión es el dibujo. Este libro es solo el comienzo, tengo miles de tutoriales para aprender a dibujar en mi canal de Youtube (www.youtube.com/365bocetos) que están esperándote junto a miles de boceteros que disfrutan compartiendo sus dibujos con nuestra gran comunidad en Instagram, Facebook y Twitter.

Así que... A DIBUJAR!

JAPE